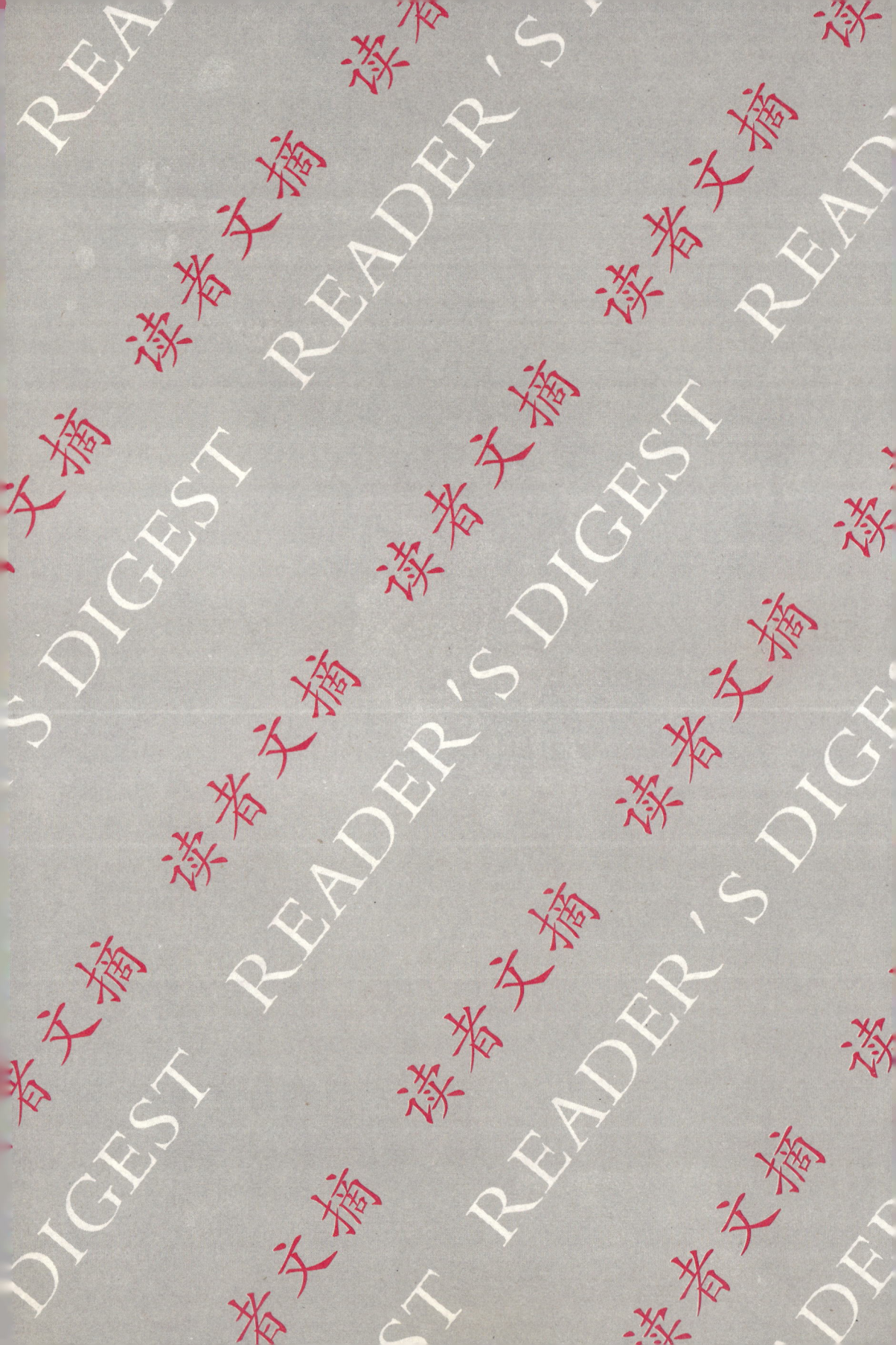

读者 Reader's Digest 文摘

（智慧篇）
Zhihui Pian

佳作评选
精华版

成功没有彩排的机会，每一天都要以正式上场的姿态面对。琐碎的光阴，庸常的日子，读一篇读者文摘，为疲倦的身心注入新的活力。
《读者文摘》好运将一路相随！

一点点悟透人生的奥秘，一步步走入幸福的深处。

趟过没有水的河

陈东霞 / 著

中央编译出版社
CCTP　Central Compilation & Translation Press

图书在版编目(CIP)数据

趑过没有水的河 / 陈东霞著. -- 北京：中央编译
出版社, 2014.2
(读者文摘)
ISBN 978-7-5117-1906-5

Ⅰ. ①趑… Ⅱ. ①陈… Ⅲ. ①散文集-中国-当代
Ⅳ. ①I267

中国版本图书馆 CIP 数据核字(2013)第 274954 号

趑过没有水的河

出 版 人	刘明清
排版制作	腾飞文化
责任编辑	邓永标　余海伦
责任印制	尹　珺
出版发行	中央编译出版社
地　　址	北京西城区车公庄大街乙 5 号鸿儒大厦 B 座(100044)
电　　话	(010)52612345(总编室)　　(010)52612371(编辑部)
	(010)66161011(团购部)　　(010)52612332(网络销售部)
	(010)66130345(发行部)　　(010)66509618(读者服务部)
网　　址	www.cctphome.com
经　　销	全国新华书店
印　　刷	北京盛兰兄弟印刷装订有限公司
开　　本	710×1000 毫米　1/16
字　　数	180 千字
印　　张	14
版　　次	2014 年 2 月第 1 版第 1 次
定　　价	28.00 元

本社常年法律顾问:北京市吴栾赵阎律师事务所律师　闫军　梁勤
凡有印刷质量问题,本社负责调换。电话:(010)66509618

Foreword

把散文生活化的人

——凌仕江

安徽作家陈东霞是我多年的文友，她现居滁州。

由此，我从中国版图上，找出了陈东霞所在的地方——滁州。从古至今的散文，无论以怎样的形式演变，滁州都是一个绕不过去且浓墨重彩的重要版本。生活工作在如此厚重的人文景象之中的陈东霞有一颗敏感的心，她对细节的发现与捕捉，其文字十分到位。我这里说的"到位"，不单单指表面的文字功夫，主要是一个成熟女性内心经过沉淀之后娓娓道出的情感，她预示着某种健康的生活秩序，她的独特之处在于叙述的感染力，其精彩的部分最是你难忘的幽趣，这是许多男作家不足的所在。虽然篇幅不长，语句也不多，但往往恰到好处地把文章点化到了高潮的地步，使人在阅读的过程中完成了一次美丽的心情之旅，我以为这是一个创作者难能可贵的成熟之处。

有些时候，换个角度，洞察事物，成熟与成功在这里完全可以划两条等号线。更多的时候，我会因阅读陈东霞的文字而怀想欧阳修的《醉翁亭记》，当然这种怀想是沿着陈东霞的叙述来完成的。事实上，陈东霞在写作过程中已经不止一次与欧翁对话了，这其中的奥妙，可以仁者见仁、智者见智。在此，感谢陈东霞让我有机会通过她的散文去加深对一片地域的认知，这无疑对我是一种提升和享受。

Foreword

　　和陈东霞是多年的文友，但我依然可以用一个阅读者的目光去判断：她是一个典型的把散文生活化的女人，比起时下一些堆积情绪解构历史尽显妖媚走小资路线的新一代女性写作，她文字的色调显得尤为朴素，但朴素中从不缺乏洁净与质感，灵性与宽容，甚至会有紫罗兰香水或葡萄酒的味道溢满你的心扉，在你翻动书页的时候，久久不能散尽。

　　深有品位的低调和不事张扬是她的个性，热爱和分享是她作文的主张。她在这部散文集中收录的这些篇章，多数是她对生活的感恩与回报，甚至许多小事都是人们在生活中常遇到或常被忽略的，却被她提炼成了美文。有时，生活真的需要一颗这样的心，在天下熙熙皆为利来的尘世中，在圈子与圈套的游戏之间，她依然我行我素，与书为伴，保持安静而自由的心思、独立的人格和真实的性情，勤奋地攫取生活的片段为散文注入生命本应有的尊重，这让她的散文有了更多大众读者进入的可能性。

　　陈东霞这样不伪装、不做作、人到中年还保留文学性格的女人，她有的是散文一样淡然的心情和散文一样内在的气度。据我所知，即使因为笔会或出差进京见到许多文化名人，她也不愿见人三分热地套近乎。她甚至保持着一种旧式女文人的高贵，或者说她延续了前辈自爱与高洁的姿态。但奇怪的是，一些像她这个年龄的女人，手中无什么作品却喜欢一门心思地往那些个显眼的地方乱窜。这究竟是为什么呢？——道理很简单：因为她活得如她的散文一样真实。归根结底，这也是创作的一种心态。有时，心态是实力的体现。那些以卖弄学识，利用散文的名义抚摸自己，花拳绣腿地把散文推到了自恋地步的女性写作者，即使成就再高，也无法与陈东霞比较。

　　真实的人和真实的情感表达，在当今时代十分稀缺，无论是生活还是文学，真实到了极限也会成为困顿痛苦之源。但真实的人，从不拒绝不回避这种困顿和痛苦，他们在夜晚咀嚼这些生活的细枝末节时，相反有一种叫散文

Foreword

的东西便呈现出了精神上的大自在。这就是陈东霞散文交代给读者的另一条地平线。从某种意义上讲，是陈东霞的坚持维护了散文的尊严。

如果简单地问一句，陈东霞，你这样坚持自己的写作痛苦吗？她可能不知道如何回答。因为按照庸常的评价，她的散文没有进入更多主流刊物的视野，也没有引起那些站在圈内高台上有话语权的人的关注。陈东霞默默前行，从不考虑这些写作之外的事，许多时候都是朋友们向朋友介绍她的作品，编辑才老远找到她约稿，相反，她在皖东那个偏寂的角落倒显露出一种古人般的平静从容，一种劫波历尽后对生活的超越。

读陈东霞的散文之后，无论是作为读者还是朋友，我都有一种要把今后的日子过得更好的强烈愿望。在她散文集出版之际，我之所以写下我的感动，是因为这本书叙述的是人类最基本也最宝贵的东西：爱与希望，心灵与家，情或文学……在这个阅读已经因信息多元化而泛滥成灾的年代，太多清醒的读者走进媚惑无法自拔，就像他们深入越来越零乱的物质生活找不到精神层面的出口，陈东霞的散文与生活方式理应得到社会大多数读者的敬重。而我前面提到我自己之所以有点惭愧，是因为当我在文学的道路上跋涉不远的距离后，发现唯美主义者是那样孤独，唯美主义者的理想气质夹杂在空气中，是那样稀薄，还要遭遇缺氧的危险，一不小心就容易把自己囚禁在书房里，从而忘记最贴近灵魂的语言不在于叙述的高低，而在于直面生活的态度。

作者系著名军旅作家，中国作协会员，出版《你知西藏的天有多蓝》等多部散文集。现居成都。

目录
Contents

目录
Contents

花儿的一种表达方式　第三辑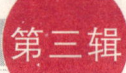

几缕水草　第四辑

目录
Contents

第五辑 山楂树随想

目录
Contents

阅读与欣赏　第六辑

人间智慧必在某处交汇

不管世界如何疯狂，对单纯美好的向往，是人们永远不会改变的生活目标和理想。

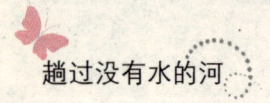
人间智慧必在某处交汇

同类相知，同气相求，同声相和。

"环滁皆山也。其西南诸峰，林壑尤美。望之蔚然而深秀者，琅琊也……"。这是北宋文学家欧阳修著名的散文《醉翁亭记》里的开头。

一千多年后的今天，我所在单位的行业年会在"环滁皆山也"里的琅琊书斋宾馆召开。

我以前在这里开过会，那是有关文学的会。也就是说，搞文学的人能来这儿是有福了。而这次不同，因为不是文学的会，是有关工作的会。而我的工作与文学不搭界，但能在这个有着浓厚文化底蕴的好景色里开会，第一个窃喜的人一定是我。因为我料想我的同行中没有爱好文学的人，别人可能就没有我这样的欢心吧，当然还是因为欧阳修的缘故吧，还是因为我写散文的缘故吧。怀揣着这样的一个私心，出门从来喜欢轻装的我，拎上厚重的笔记本电脑，希望在会议间隙，秉承到欧翁的遗韵，干点私活。

琅琊山，地处安徽东部，没有黄山的雄伟，没有华山的险峻，却因为一篇散文而流传至今。因为一篇散文，这儿成了国家级森林公园。来这里开会的人，不管是何种会议，人人都增添了些文气，个个都像是个文化人。

会议签到是在书斋宾馆的大堂。大堂一隅，几组摆成梅花形的藤条桌椅，藤条书架，非常雅致地形成了一个简约的小茶吧，小书吧。明亮的落地玻璃窗外，就是"其西南诸峰，林壑尤美"原始自然的景色，所以，进来出去的人都喜欢先在这儿小憩，泡杯绿茶，看看景色，聊聊天。我想我也不会错过这里的，等我放下行李安顿下来再说吧。

会议是三天时间，议程是上午开会，下午分组讨论。第二天下午，讨论刚结束，我揣上房卡，一个人遛山了。虽然是冬季，却没有萧索的感觉。到醉翁亭里坐坐，与欧翁默语，然后，来到酿泉旁，用空矿泉水瓶子接了满满的从远古汩汩流淌而来的酿泉水。阳光在起伏的树林间跳跃，石头上的苔痕仿佛是时光的印记。置身绿色的世界，呼吸天然纯净的空气，真的感受着"醉翁之意不在酒，在乎山水之间矣！"

晚上回到房间，把所见所思所想全打进电脑。和我住同一房间的，是与我年龄相仿的张女士。我和张女士是第一次见面，感到她很清高，不多话，虽然只有我们两个人，她也不多话。她临睡前把带来的一本书放在床头，是毕淑敏的散文随笔《蓝色天堂》。毕作家我是知道的，几年前花半生积蓄，114 天时间，环球旅行后写下了这本书。我拿起翻了翻，明示我的倾向性。张女士很诧异，诧异也有人对这本书有兴趣，更诧异我也知道毕淑敏。我抿嘴笑笑，我没有告诉她，我不但看书，还出过书，但我不带来。

我们开始了交谈。随着交谈的深入，我对张女士有了一些了解，原来张女士在中学时代就埋下了文学的种子，尤其对《醉翁亭记》能倒背如流，虽一直没有动笔写过，但每逢好书，她从不错过。就是说她虽然不写作，但常读书。这使我重新打量起张女士，虽素面朝天，没有什么时尚的装扮，却有一种"腹有诗书气自华"的品位。张女士摘下眼镜，眯起她的近视眼凑近我说，不好意思，差点看走眼了，原来我们同行亦同道啊。

会议临结束的前一天下午，外出回宾馆，我没有直接回房间，而是在大堂一隅的小书吧小坐。已经有很多人，抑或隔着玻璃窗看风景，抑或一杯绿茶，几个人围坐在一起清谈。我旁边的一位先生，既不看风景，也不聊天，只是歪着脑袋看书，看的是法国前总统希拉克的自传。对此君有点

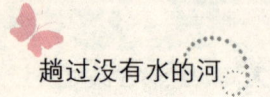

印象，是省厅莅临会议的一位领导，此时，他完全没有会上作报告时令人生疑的那种尊严和官派，倒像一个书生。记得会议间隙，有人向他打趣说当官的种种好处，他不乏幽默地回敬人家："你们光看到贼吃肉，没看到贼挨打。"更有意思的是，面对琅琊山世外桃源般清净自然的环境，此君大为感慨，说：真想"卸磨"撂挑子不干了，无官一身轻。

此君正是如日中天的年纪，仕途也正风光，正所谓：走在路上有人随，办公室里有人围，出差在外有人追。我在一旁插话说："你中途突然'撂挑子'不干，没有问题，也有问题了。"此君浓眉一扫，更加风趣且自我调侃："有问题更是问题了。"

但此时的此君，泡开的绿茶还没有来得及喝下一口，翻开的书也没读上几页，就接上级指令，连忙和随同的秘书钻进小车，匆匆离去。那本《希拉克自传》被放回书架上。希拉克自传里有一句经典：当我从政治抽身时，还有艺术在那里。我想，希拉克是活出人生大智慧的人，当他从政治舞台上下来，还有艺术给他撑腰呢。我不知道对此君有没有启示，我想，此君以后能做到"官到退时不恋栈"，就算是很干净的了。

几天的会议很快结束，同行们都来去匆匆，有的碰巧志趣相投；有的擦肩而过；有的有机缘，却不巧合。

我们处在这个"天下熙熙，皆为利来；天下攘攘，皆为利往"的时代，有人迷失自我，有人认清自己；有人更是身不由己。找点时间，找点空闲，回到朴素的阅读中来。在阅读中，与那些已经经历了时空磨砺的智者交流，再回过头来，不经意间会碰撞到你身旁文化上有厚度，思想上有深度的人。这些妙趣横生的人，与你碰撞到一起，这也正应验一句话：人间智慧，必在某处交汇。

一个不注意小事情的人，永远不会成就大事业。

——卡耐基

信用之事

信用，是一种彼此的约定，是一种心灵的契约。讲信用的人，是可信赖的人。

一个晴朗的早晨，阳光明媚。

看了铁凝的一篇小说《1956 年的债务》。

一个行将就木的父亲，躺在病榻上，怀抱着有债要还的不死之心，交代儿子替他偿还 53 年前一笔 5 元钱的债务。为了表明对儿子的信任和期待，也为了给儿子承诺的压力，一辈子没有放下过为父之尊的父亲，竟然像西方人那样伸出双臂拥抱了儿子。

当儿子费尽周折找到了当年的债主，在人家豪华的别墅前，儿子忽然想退缩了，他想逃离，不由自主。5 元钱，在那个年代借 53 天是正常，借 53 个月不还就很不正常了，借了 53 年还没有还，那就滑稽了。虽然当年的 5 元钱连本带息成了现在手里的 58 元，做儿子的还是没有勇气，怎么对人家说？他犹豫着，彷徨着。小说结尾了，我们也没有看到他与债主的面对面，把要说的话说清楚。

由此又想到另一个故事。公元前 4 世纪的意大利，有一个名叫皮斯阿司的年轻人因犯法被判了绞刑，几天后将被处死。临死之前，皮斯阿司想

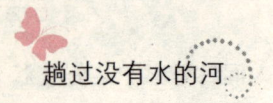

与远在百里之外的母亲见最后一面。国王允许他回家看母亲，但是有一个条件，他必须给自己找个替身，也就是说，他到时不能如期回来，他的替身将被处死。有谁肯冒着被人杀头的危险当替身呢？真的有人愿意，那就是皮斯阿司的朋友达蒙。

时间一天天过去，刑期将近，皮斯阿司还没有回来。行刑日终于到了，是个大雨天，达蒙被押赴刑场，众人都笑他的愚蠢，说他是个替死鬼，同时咒骂不讲信用的皮斯阿司。

追魂炮打响了，绞索也挂上达蒙的脖子。胆小的人都吓得紧闭了双眼。就在这生死攸关之际，皮斯阿司一身泥泞满脸汗水疾呼而来，他边跑边喊："我回来了，我回来了。"激昂的声音，刺破苍穹。皮斯阿司不像是赴死，倒像是来赴一场豪华的盛宴。

信用是一种彼此的约定，是一种具有约束力的心灵契约，尽管它无体无形，但却比任何法律条文更具震慑力和约束力。

一个人的理想越崇高，生活越纯洁。

——伏尼契

那些善人和善事

写这几则短文，源于一个简单的念头。在这个越来越快速发展的社会里，信息量太大，人们被信息裹挟，被信息支配，它是一个好，也是一个巨大的不好。不好，是因为我们人与人之间面对面感受的那种气息小了，少了。有没有一些纯粹的人，纯粹的事呢？想到此，脑海里迅速地跳出几件事来，这几件事没有非同寻常的意义或价值，就是因为它简单。我想，不管这个世界是如何疯狂，如何急功近利，如何喧嚣和浮躁，对单纯美好的向往，是人们永远都不会改变的生活目标和理想。

（一）栀子花开

栀子花开的时候，玉兰花，茉莉花，蔷薇花，还有很多很多的鲜花也相继盛开，但要数栀子花与我们的生活靠得最近，朵朵白花在绿叶的衬映下，雪白雪白。栀子花是最富有人情味的大众花，最贴人心的家常花，古诗云：两叶虽为赠，交情永未因。同心向何处，栀子最关人。

一位同事的父母家，有一个小院子。院子里，种植一株有十多年花龄的栀子花。每年夏季，开满枝头的栀子花数也数不过来。于是，同事早上上班，总是提前十分钟到父母家，连枝带叶剪下一大包，到办公室分发给同事们。每天从早上开始，单位办公室的走廊，电梯间，来来往往的人身上都挟裹着栀子花的香味。每天自驾上下班的小曼，前一天车里放了许多栀子花，第二天一早上班，呵呵笑着说，我今儿早上是"醉花"驾车了。

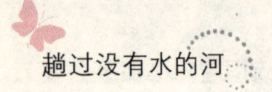
近日读一位旅美女作家的散文，她说自己 18 岁的儿子第一次准备送礼物给心仪的女孩。那天，他跑了数十公里，特意从礼品店捧回一个扎着美丽丝带的漂亮礼盒，回到家后，小心翼翼地放在冰箱里。做娘的好奇，悄悄打开冰箱，发现里面是一朵栀子花。她想不明白，为什么儿子去买一朵栀子花，而不是女孩子都喜欢的玫瑰花呢？后来想想，玫瑰花虽艳丽，但表达的感情太过直白和热烈了，不如一朵栀子花：纯洁，干净，香得真诚，这才是 18 岁情窦初开心田最好的代言者。

再说那位从父母家里带花的同事，平时为人木讷，淡漠，但因为栀子花的缘故，把她对同事友好的情愫激活了。每天的花撒下来，聚拢了不少的人气，同事们评定她是"年度最佳人气奖"，鼓励她把好事继续漂亮地做下去，因为她父母家还有一株年代久远的腊梅树。

（二）剪刀尖的朝向

多年前的事了，那时我中学毕业待业在家，大人们都上班去了，整个筒子楼几乎家家大门紧闭，但隔壁林阿姨家的大门总是敞开。她退休了，天天在家。

一天上午，我想起我妈临上班交代我把剪刀还给林阿姨，于是，我到了林阿姨家，说来还剪刀，说着便将剪刀往林阿姨的手上送。林阿姨并没有立即伸手来接，而是说："放在桌上吧。"我以为她腾不出手来，却又见她是两手空空，我执意要递到她手上，以显示我将东西还给人家了，但林阿姨不接，坚持说："放在桌上吧！"她指的是靠墙的一张桌子。我只好放在她家的桌子上，但还没有等我转身离开，林阿姨便拿起剪刀放在桌下的抽屉里去了。

后来有一天，我妈又叫我去林阿姨家借剪刀，进门，林阿姨在家，但在厨房里应着，我说："阿姨我来借剪刀，不劳烦您，我自己拿。"说着径直往放剪刀的桌子走去。谁知阿姨忙从厨房出来，两只手还沾着面粉，嘴里不停地说："我来，我来。"说着拉开抽屉，拿出了剪刀。我惊奇地发现，林阿姨递剪刀给我的时候，刀尖的朝向是她自己，而不像我还她剪刀的时候，剪刀尖硬生生、直冲冲地对着她。

（三）《额尔古纳河右岸》的手抄本

2011 年 3 月，有 60 多位年轻的读者，他们分布在不同的城市，却共同抄写迟子建一部 20 多万字的长篇小说《额尔古纳河右岸》。

这些忠实的读者，他们用统一格式，在打印纸上，每人抄写一部分，然后，从一个人手里再传递到另一个人手里；从一个城市传递到另一个城市，然后汇集到最后的那个人手里，装订成册。

在如今的网络时代，人们都是快节奏地生活，我相信，这 60 多位读者，人人都是键盘手，但他们却一笔一画如蚁般慢慢地抄写，字字工整，页页爽目，并且在有空隙的地方，画上细小的插图。他们是在用最传统的方式，表达着对文学的热爱；用最传统的方式，向作者和她的作品致敬，向文学致敬。

在理想的最美好世界中，一切都是为最美好的目的而设。

——伏尔泰

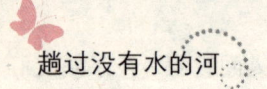
有一个不会生锈的词叫"工人"

我曾经也是个体力劳动者，那些朴素的工作，基本的劳动，成为奠定我人生的基石。用《菜根谭》里的一句话说就是：吃得菜根，百事可做。

"中国工人"上《时代》周刊封面，成为 2009 年度人物，得到世界的肯定和认同。

《时代》是美国影响最大的新闻周刊，有世界"史库"之称。

作为榜单上唯一的一个群体，几个身着灰色工装的中国女工，《时代》评价：中国经济顺利实现"保八"，在世界主要经济体中继续保持最快的发展速度，并带领世界走向经济复苏，这些功劳首先要归功于千千万万勤劳坚韧的中国工人。

从字典里查，工人：个人不占有生产资料，依靠工资收入为生的劳动者，多指体力劳动。

我曾经也是个体力劳动者，我在水泥厂干过男劳力们干的壮工活，也干过不用多大体力，却非常繁累的纺织活。这些朴素的工作，基本的劳动，成为奠定我人生的基石。用《菜根谭》里的一句话说就是：吃得菜根，百事可做。

20 世纪 80 年代，我高考落榜后，便一头钻进了工厂。工厂是专门生产水泥的，因此，水泥的粉尘无处不在。刚进厂时，岗位不是很明确，其实待了不长的时间我便意识到，只要你一头钻进这灰尘弥漫的世界，干什么都不觉得多么重要。似乎只有能拥有一方明净的空间，能呼吸到一口清新的空气，能推开遮眼的灰尘一望二三里，劳累的身躯和波动起伏的情绪才会变得更加坚实和稳定。

厂区里偌大的场地上，每天堆有山样的石头，形状不一，怪石嶙峋。每次经过，都习惯性地绕着走，一挨近它们，我便莫名地心慌和紧张，想起"搬起石头砸自己的脚"那句生疼的话。厂里的人叫我别怕它，作为水泥的主要原料，数小时内它们马上面目全非。也真是有缘，当确定我的工种是生产水泥的第一道工序，直接改造石头时，我竟然感觉石头们有了温度，有了灵性，还有了人情。

我每天站在生产车间庞大的球磨机旁，汗流满面，一身黑灰，不停地往机肚里倾倒一筐筐沉重的石头，工友们管这叫"喂料"。填进去的石块顷刻被翻滚的铁球撞碎。尽管后来的工序还有很多，也很复杂，但我唯独喜欢这一道，那种强烈的节奏，巨大的冲撞力，每次都使我血管里的血突突地跳动，迸发出"我们工人有力量"的豪迈。

几年后，我又到纺织厂当了一名纺织女工。当时想，这下工作可轻巧了。其实不然。只要梭子在飞，织机在响，我就要在车间里忙个不停。

织布机震得轰天响。车间里每一缕空气都仿佛渍了许多沉重。当从我手里"飞流直下三千尺"的时候，我岂止是在操纵机器，我是要把世界上所有的温暖都织进棉布里去啊。

织布机有时像个性格乖戾的孩子，你如果不爱护它，不定期给它保养加油，把它的小脸洗干净，它就会犯古怪，对你发脾气，常常在你快下班的时候突然"弦崩弓断"，眼睁睁地看见几把飞驰的木梭在厚密的纱层里迎头"对撞"瞬间便崩断细纱无数。

那几百甚至上千根和头发丝一般细的断纱傲然地侵犯着我。我如果不把它们一根根地连接上，我就没法给下一班的人一个交代。我必须像虾米

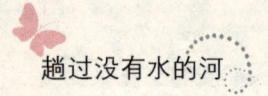

似的弓着身体伏在织布机上，埋下头，一根一根地对接。对接还不能瞎接，绿色的对绿色的，红色的对红色的，蓝色的要对蓝色的，何止五颜六色，七颜八色都不过分，有时甚至什么颜色的都有，单单是灰色，就有浅灰，银灰，黑灰。颜色越多，麻烦越大，最后接得我头发昏，眼发花，两眼漆黑，分不清颜色，接错了，又从头再来。头顶上亮着的日光灯棒在晃，眼睛也在晃，晃得我手直哆嗦，两条腿跟着发抖，但是我必须要挺住，把断纱接好，这是三心二意干活造成的恶果，必须得付出代价，这代价必须自己承担，无人能替。

近期在一个建设工地采访，碰到一个刚刚受伤的工人，是个有点孩子气的小伙子，像是被泥砖铁块什么的砸到脚踝骨，那是身体对疼痛比较敏感的地方。小伙子当时疼得想哭，看到我马上低头掩饰，我说："兄弟，落泪是金，哭吧。"小伙子不好意思地朝我笑笑，马上站起身一瘸一拐地接着干活去了。望着小伙子坚强的背影，望着工地上许许多多埋头干活，汗水湿透衣背的工人们，我不禁想到：如果没有他们双手直接进行劳动，再美丽的蓝图，都是纸上谈兵；再辉煌的大厦，都是空中楼阁。

"中国工人"上《时代》周刊，是对普通劳动者的敬重和鼓舞，是站在劳动者立场，为劳动者说话的智识者所为。

>>>

人生至善，就是对生活乐观，对工作愉快，对事业兴奋。

——布兰登

残局

残局不残。90 多岁高龄的杨绛老先生，她究竟有着怎样的体力、精力和耐力，做到了年轻人都难以做到的事?

　　1998 年，88 岁的钱钟书先生去世的时候，丢下 87 岁的老伴杨绛老太太。不仅丢下了老太太，还丢下了几麻袋天书般的手稿和读书笔记。不仅如此，还有相当数量英、法、德、意、西班牙等多个语种的外文笔记。

　　这一大堆钱先生的学术遗产，曾经的"我们仨"，只剩下杨绛老人一个人来面对了。无法继续，难以继续，如不继续，这将成为一个中途的残局，一个无法收拾的残局。不能束手无策，她必须来收拾残局，也只有她能来。不仅因为她是钱钟书的老伴，是钱先生"最贤的妻，最才的女。"还因为她本人也是作家、翻译家、外国文学的研究者。她有作品《洗澡》、《干校六记》、《我们仨》，还有《堂吉诃德》、《小癞子》等译著。但当她埋头准备收拾"残局"时候，正如她说的自己也是走到人生边上的人了。

　　面对这一大堆钱先生的学术遗产，要整理成书，不仅是脑力活，也是体力活，细碎而繁重。杨绛首先要求自己得健康地活着，硬朗地活着，尽最大的能力延长寿命。因为这活儿不是一朝一夕，一年二年，甚至是十年八年就能完成的。她必须小心地活着，因为她有任务。

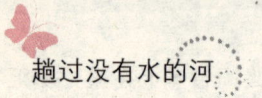
这以后，她就真的硬朗地活下来，这个"残局"真的被她拾起来了。杨绛整理了钱钟书的笔记，分为三类：第一类，是外文笔记；第二类是中文笔记；第三类是"日札"——读书心得。"读书心得"《容安馆札记》（全三卷）已于2003年由商务印书馆出版；《钱钟书手稿集·中文笔记》（全二十册）所收手稿八十三本，内容主要是钱先生阅读中国古代典籍所做的笔记，时间跨度是从20世纪30年代至90年代，已于2011年由商务印书馆出版，也就是说，钱先生留下的学术遗产，差不多全让杨绛老太太整理出来，就剩最后一部分了。老太太不想留遗憾，她要将老伴的事业进行到底，直到把全部的书稿整理好。

终于有一天，2012年7月16日，杨绛101岁的生日，商务印书馆总经理于殿利以及助理、责编一行人来到杨绛家，送来已经排版完毕的《钱钟书手稿集·外文笔记》影印本（全二十册）。钱钟书留下来的宝贵资料，得以完整出版。

岁月积淀，百岁光阴，杨绛先生将残局做成了完美的结局，是年轻人都难以做到的，多么不简单的事，实在让人叹为观止。在钦敬她的同时，我更想知道的是她活到这么高寿的秘诀。"简朴的生活，高贵的灵魂，是人生的至高境界。"这是杨绛先生喜欢的名言。她的长寿正源于她喜宁静，淡名利的思想境界吧。医学专家认为，平淡的生活态度，是生理平衡的重要条件，可以提高人体免疫功能，促进人的身心健康。残局不残。我想，我们每个人都能从杨绛先生身上得到启发，不仅仅是为了做学问。

在创作家的事业中，每一步都要深思而后行，而不是盲目瞎碰。

——米丘林

吃、吃、吃

有牙的时候，没有花生米；有花生米的时候，没有牙了。

——民谚

　　这句民谚道出了人生不逢时的无奈。民以食为天，这是无奈的无奈。值得庆幸的是，很多人虽然有牙的时候没有花生米，好在后来的日子好了，五谷丰登，有花生米的时候，牙还在。还在的牙虽然没有年少时坚硬、齐整，但修修补补，替替换换，大不了装上假牙，还是管吃管用，比如现在很多赶上好日子的古稀老人。

　　近一段时间的夜晚，我的梦里老是梦见吃。昨晚梦见的是小羊角面包。那种酸酸的甜香，把我的食欲从睡梦中挑醒。我醒来的时候，天刚蒙蒙亮，等天正式开亮的时候，我已经走在买小羊角面包的路上了。我赶了个大早，面包房是我一大早晨奔走的方向；小羊角面包则是我奔向它的理由。

　　当我拎着几只小羊角面包回到家里早餐桌旁的时候，我的思绪便蔓延开了，想到现在吃东西的方便，想到自己从前的吃，还想到了从书上看到的有关别人的吃。吃、吃、吃，不停地闪现叠加。

　　先说说我的外婆。我的外婆是个又大方又有时很小气的老太太，一生爱吃，会吃，讲究吃，还有，不舍得给人吃。不舍得给人吃的，一般只是口头食。家里来客人，她是很要面子的，会做很多菜，客人吃光喝光她才感到脸上有光。

20世纪70年代末，物质生活还是相当匮乏，外婆那时已是近60岁的人了，但身体很好，牙口也好。冬天，我喜欢挤到她的被窝里，和她共享一只焐脚的汤婆子。常常在半夜，她以为我睡着了，便从点心盒里摸出东西来吃，且注意咀嚼不发出声响，吞咽更加细微无声。我动了动，表示我醒着。醒着就醒着，她还是自顾自吃她的。除非我伸手要，她从不主动给。有时给我留下一小口还搭上一句："少吃点，少吃点，你们小孩子以后吃好东西的日子还长着呢。"顾自己嘴的外婆，除了这点，大面场上还是说得过去的。在她92岁高龄的时候，那天早晨，她为家里人下了一锅漂着新鲜葱花的小馄饨，下午，她又去附近派出所换回她的第二代居民身份证，还顺路买了几块云片糕当她的下午茶，当天夜里，在睡梦中，她悄然离世。

近日，看到一位著名女作家在一次访谈里说过有关吃的话题。也是在那个计划供应的年代，有一次，她单位里的一个同事参加省劳模会回来，女作家问同事："会开得不错吧？"同事说："不错，不错。""没拿回一个什么奖品？""没有。"紧接着同事忽然说："噢，对，对，对，想起来了，在这个会上，随便吃！"同事讲得特别认真，觉得这是一件很重要的事。

女作家接着又说到她的另一个同事。同事的家属在农村，粮食不够吃。单位里有些人粮本上买不完的粮食就送给他买了。一次，有人给了他二十斤小米的粮本，他就拿一个能盛二十斤小米的口袋去了。到粮店，人家一算说你还有一百多斤粮食呢。当时那位同事兴奋得简直有点发蒙，他对人家说，那我就带了一个小口袋怎么办呢？人家说，那你就回家再拿几个口袋来呗！当时他的心理状态是：好像一转身这一百多斤粮食就不存在了一样。他容不得回家拿口袋，就赶紧脱下裤子，拿两根绳子把两脚口一扎，说："你就给我装这里吧。"

女作家后来一直想把这些活生生的生活细节用在她的小说里，但一直没有用。其实呀，在当年，像"买粮食""随便吃"这种事情，比比皆是，那位女作家今天提起来，不是把它当作笑料来谈，更多的是引发我们对我们的生活，我们整个民族和社会宏观的思考。

这又使我想到一位男作家也谈到过吃，就是写《白鹿原》的陈忠实。

20世纪50年代，上中学的陈忠实家庭很贫困，一周的干粮是从家里背到学校的玉米面馍馍。因为常常不够吃，他父亲每周给他两毛钱以备急用。一天，他和一个同样断顿的同学相约进了一家小饭店，俩人各掏腰包花了一毛钱买下四两米饭。桌上没有一碟下饭菜，也没有最廉价的汤，陈趴在桌上抱着那碗大米饭就吃了起来。他的同学没有急于吃，而是看到了桌上的酱油瓶子。酱油瓶里还有些酱油，他的同学拿起酱油瓶子给自己碗里倒了酱油，又给陈倒下了，并且说酱油不要钱，放心用。陈也倒了酱油拌饭。当他俩抹着嘴走出小饭店回学校的时候，都洋溢着一种下了一回馆子的满足感，也洋溢着吃酱油拌饭算得吃上了一顿大餐的快意。

以人度己，不禁又想到我自己一次吃肉的经历。准确地说，想吃肉的经历。

20多年前，我虽然刚结婚，但因为没有自己的住房，我们夫妻还是和公婆一大家人生活在一起。记得有一次午饭后，丈夫问我怎么不吃菜，他指的是那盘红烧猪大排骨。婆家的生活水平在当时已经是很不错了，但在20世纪80年代中期，物质生活还没有现在这样充裕丰富，家庭过日子大块吃肉也不是常有的事，于是，我对丈夫说，我哪里好意思吃，你帮我夹吧。丈夫说他们家从来不兴饭桌上为别人捡菜，都是自家人，你只顾吃你的就是了。我吃我的？我怎么好意思只顾吃我的呢？小姑子还小，我哪能跟她抢筷头，公公婆婆是长辈，我更不能做抢食护碗的馋嘴之媳。

一次，又烧了一盘猪大排骨，喷香油亮地摆在饭桌的中央，很是诱人。第一筷我没有动它，第二筷佯装夹附近的蔬菜，然后大口地吃饭。就这样，一碗饭快下肚还没有接近心中最想的那个目标。这时，我突然感觉脚面一阵生疼，有人在桌底下蹬我的脚，原来是丈夫在暗示我。我心领神会，毫不迟疑地将筷头向猪大排骨伸去，此时的"猪大"所剩无几了，当我筷头伸过去的时候，哈哈，小叔子的筷头已经在先了，也就是说，最后一块排骨肉给小叔子夹去了。"肉食者不鄙"，没有丝毫的难堪和犹豫，我连筷子都还没有来得及放下，端起大盘子，把剩下的油汤全倒自己碗里拌饭了。

我们现在的生活条件多好啊，想吃什么就吃什么，但是，现在的人不是说嘛，病不是生出来的，是吃出来的。

有关吃，近日读清时散人隆莲法师的诗：《未必》（五首），五个"未必"，基本囊括了人们的欲求，我对照了一下，觉得第四首很对应现实，需要备忘：

未必肥甘便永年，饭蔬饮水乐吾天。

道人学得长生诀，物与民胞便是天。

生活不是苦难，也不是享乐，而是我们应当为之奋斗并坚持到底的事业。

——托克维尔

细碎的手机短信

手机给我们的生活带来快捷方便的同时，也让我们无处可逃。

现在手机非常普及，连在山上放羊的老汉都有。刚开始很稀奇。我买手机算早的了，但我的一位迂腐的师友比我还要早。那位师友民师出身，平常生活非常节约，曾留下为省一元公交车钱，宁肯在毒日头下奔一个小时的笑谈。当他侉侉的腔调第一次在手机里响起："喂，小陈吗?"我一下有喘不过气来的惊奇和惊喜。

手机不可阻挡地侵入了我们的生活。

在我的生活当中，朋友不多，文友却不少。来来往往的写作信息，热情纯粹的文字之谊，差不多都喜欢在这有独特秉性的小玩意里进行。

一天，看到一位文友在《读者》杂志上发表一篇散文《我看见珠峰在移动》。我摁了摁手机，快速地发信给他："你看见珠峰在移动，地质学家们要紧张了，因为他们都还没有发现，你一定偷着乐吧!"

文友哈哈大笑，说："我要的就是那种视觉震撼啊。"

一天夜晚，刚丢下笔，我给一位远在西藏的文友发了一条短信。

"我今晚完成了一篇散文《琅琊古亭遗韵》。"

"请问琅琊古亭是什么亭?"

"欧阳修名篇'环滁皆山也'里的醉翁亭。"

"请问醉翁亭在哪里?"

"我们滁州啊。"

"怪不得你写散文,原来你是沾了欧翁的文气啊。"

"请问你在写什么?"

"《塔克逊的春天》。"

"塔克逊在哪儿?"

"西藏冈巴县境内,那里有海拔四千九百米的塔克逊哨所。"

哦,这么巧,我的一位同事今年刚好作为援藏干部去了西藏冈巴,我无疑加深了对那个地方的印象。除此之外,我还从文友的短信中知道了墨脱,那个曾经是全国唯一不通公路,不通电话的二不通县。

文友们的写作进程各不相同,有疾驰也有慢走,有的甚至一年当中互相都见不到对方多少作品,由于缺少交流渐渐失去联系的大有人在。但近日,我和一位多年未联系的文友忽然又热乎乎地联系上了。

这位文友率真活泼,大方可爱,她常常发短信"进攻"我。

"嗨,我正在浙西采风,进了人家园子吃桃子,这儿的水蜜桃饱满多汁,香甜可口,吃得爽啊,你咽口水了吧?"

"扔两个过来!"

"你当是两只伊拉克飞毛腿导弹啦!"

"权当是飞毛腿导弹吧!"

"那好,接招!"

相隔那么远,这两个桃儿怎么能过来?文友风趣,我也幽默,无限的生活激情共同融会在迷人的手机短信里。

这位文友不仅有情趣,也很有故事。一次静下闲聊时,她怅怅然地说:现在资讯这样发达,可惜过去的一位文友也不知今在何方。

20世纪90年代初,她有一位交往数年却无缘一面的文友,有一天,他突然无约在先,来到她居住的小城,不巧,院门挂锁,不得谋面,抬头斜看从墙头里探出来的火红的石榴花,想象那小城女子的状况,只好踽踽而回了。

其时的她正在家,星期天,将门反锁,正悠然看他发表在《杂文选刊》上的小品,题曰:"登台必备。"

"形形色色的歌曲大奖赛看多了，对演员形态的表演实在不敢恭维，演员一登台，不是故作沉默，就是怪目圆睁，再就是满台转悠，唱到高兴处，忽地蹿下台去，犹如老妇寻儿不着者。"

文友的文友，不知还记得当年空跑一趟否？

我的又一文友，她久居京城信息密集视野开阔，因为文字，我们持续着漫长的友情。一次，她向我推荐了一本书，是多年前美国的一本畅销书《你不懂他的孤独》。那本书，曾掀起美国妇女检讨自己，提高婚姻质量的浪潮。虽国籍不同，但女人的心是相通的。

"你一定要认真地去读，读了就会真正地懂得男人。"

"懂得男人什么？"

"男人享受孤独的需求呀？"

"男人什么样的孤独？"

"男人孤独的时候，只有他自己的声音才是他愿意听到的唯一的声音。"

文友接着又发来短信说，有天见丈夫下班到家吞云吐雾不多言语，如果在以前，她肯定会抢上前摁灭烟火大开窗户如遭抗拒定会作河东狮吼。但是那会儿，她只是轻轻地带上了房门。

我的这些可敬可爱的文友们，他们才华横溢，灵魂纯洁。他们发出或回复的每一条短信，都干干净净得让人不忍删去。那些珍珠般美丽的文字，那些高贵的思想情怀，对于我来说，是多么可贵的精神依靠和感情储备。

好在不断有文友新书出版的消息传来，有的还去大城市签名售书。而我一不盼赠，二不索求，我说：我如果真的喜欢你的书，我一定会排在买书的读者当中，我还会发这样的一条短信调侃你："不要只顾低头签名售书，也要抬头看人哦。"

对一个人来说，所期望的不是别的，而仅仅是他能全力以赴和献身于一种美好的事业。

——爱因斯坦

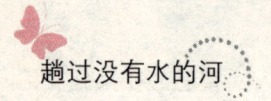
西部梦想

我有一个梦想／去西宁，去青海，去西藏／为了那里无垠的蓝天，连绵的雪山，碧绿的牧场。我有一个梦想／虽然是我的一厢神往／但一定是我能够到达的地方／那个歌里唱，梦里想的美丽天堂。

——摘自一首好听的诗

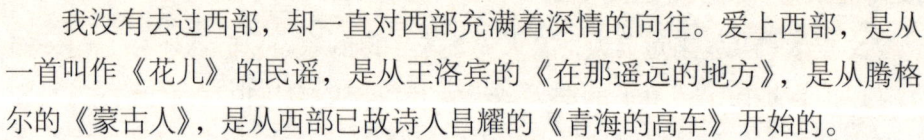

　　我没有去过西部，却一直对西部充满着深情的向往。爱上西部，是从一首叫作《花儿》的民谣，是从王洛宾的《在那遥远的地方》，是从腾格尔的《蒙古人》，是从西部已故诗人昌耀的《青海的高车》开始的。

　　一位去过西部的朋友告诫我说："如果你把西部仅仅当成一个旅游的景点，再提溜搭挂地带回一串纪念品，然后，心安理得地炫耀说，西部我去过了，那你就不要去西部。"

　　还有一位去过西部的朋友跟我说："就是拼刀子出血，从今以后我再也不会浪费一滴水了。"

　　我要去西部，这种情怀像火苗一样一直在我心里蹿动不息。我时常站在中国地图面前观望：新疆、内蒙古、青海、甘肃、宁夏、西藏，几乎占了中国版图的一半；天山、昆仑山、阿尔泰山以及世界屋脊帕米尔高原，蕴藏着无限的激情和力量。从青藏高原到黄土高原再到东部大河下游，大地陡降为三个台阶，透过苍茫凝聚的表象，露出鲜活的本质，充满了生命的激情和韧性，这就是西部。

　　茫茫西部，雄浑辽阔，不仅在于它的自然风貌，更体现在人的灵魂和心态。那康巴汉子的凛凛威风，那目光深邃的新疆老人，那高居马背的哈萨克兄弟，那剽悍勇猛的蒙古牧民，长天大野，骏马烈风，他们勇猛疾驰，电闪雷鸣。然而，当他们沉静下来的时候，他们神态安详，从容大气，这是一个人最佳的健康状态。

他们的生命意识强烈而又淡定，比如一个健康的哈萨克老人，儿子做的棺木，在他的眼里就是一匹黄骠马。

在这块离天空最近的地方，不仅有青铜号角的悲鸣，宗教信徒的诵经，更有利于金戈铁马奔腾的万里黄沙，有鼓动旌旗的猎猎北风。漠漠荒原，两军对垒的真正厮杀，没有丝毫地掩藏，不给任何一方以偏袒。从先秦到汉唐到明清，血性汉子的祖先，他们热血喷涌，气贯长虹，他们崇尚横刀跃马得天下，刀光剑影定乾坤。

战国七雄，为什么偏让西地的秦国一统天下呢？

"秦人怯于私斗而勇于公战。"商鞅如是说。

秦军作战最勇猛的时候，士兵们连铠甲都不要，口衔利刃，奋不顾身。血积刀柄，滑不可握。直到剩下最后一个人。直到他满身鲜血地倒下。

去过新疆的人，有可能会知道一个叫孟驰北的蒙古族老人，70多岁了，还能够像托尔斯泰、歌德那样激情汹涌，热血澎湃。一位朋友曾在新疆聆听过老先生的演讲：声如洪钟，慷慨激昂，思维敏捷，气势雄壮。讲到古战场的时候，话语振奋人心，像是在马背上把剑抽出剑鞘的骑手，剑刃的吼声冲天而起，弥漫旷野。在新疆作家周涛的笔下，他哪里是一个老人，简直就是一匹烈马。

梦想的河流急波汹涌，梦想的火苗却在熊熊地燃烧。西部的美，是因着人的精神的高贵。

抱负是高尚行为成长的萌芽。

——莫格利希

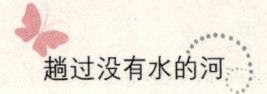
工厂附近的一个湖

惊天动地的干旱，当我站在曾经清澈荡漾的湖水面前的时候，一切都在意料之中，她那美女的深眸早变成了老妪的枯眼。

平阳湖的水。

别怪我见了你不能喜形于色，你干涸的湖底，枯竭了的水源，让我越走近你，越感到喉管焦渴，眼睛干涩。

今年夏天，几十年难遇的酷暑，充耳盈目的皆是惊天动地的干旱。当我站在你面前的时候，一切都在意料之中，你那美女的深眸早变成了老妪的枯眼。

此时，我仿佛听到了岁月的声音自由而旷远。那声音浩瀚，被声音包围着的差不多都是干壮工活的男人，也有像我一样的女人。还记得离你不远的地方有一个生产硅酸盐的水泥厂吗？有一年，从城里招收了一批新工人，我便是其中朝气蓬勃的一个。那时我的岗位不是很明确，待了很长的时间我便意识到，只要你一头钻进这灰尘弥漫的世界，干什么都不显得十分重要，似乎只有能拥有一方明净的空间，能呼吸到一口清新的空气，能推掉遮眼的灰尘一望二三里，劳累的身躯和波动起伏的情绪才会坚实稳定。

于是我便发现了你。

平阳湖的水，你宽阔的水面能把浮躁的声音，弥漫的灰尘吞没。你充足的水源，给我居住的城市注入了生命的血液，我们被你润泽得饱满多汁，鲜艳亮丽。

库水很深厚，尽管你年轻，一如年轻的我。年轻的我，在此之前，已经体验过很久的劳累和辛苦。我做过男劳力们干的壮工活，也做过看似轻巧实则繁累"扎扎千声难盈尺"的纺织活。当我被招工进厂的时候，我自信我有足够的底气。

我对生产水泥第一道工序非常有兴趣。每当我站在庞大的球磨机旁的时候，那巨大的撞击便强烈地震撼着我。

我汗流满面，一身黑灰，不停地往机肚里倾倒一筐筐沉重的石头，工友们管这叫"喂料"。

填进去的石块顷刻被挨挤着的铁球撞碎，尽管后来的工序还有许多，也很复杂，但我唯独喜欢这一道。那种强烈的节奏，巨大的冲撞力，每次都使我血管里的血突突地跳动，顿时有一种用不完的力量。

所以，我不觉得苦和累，耐劳任怨地贡献我的青春年华。我想，这都是自然，工厂的轰鸣，庄稼拔节的声响，还有花儿无声地开放，这都是自然。不然，我为什么接连干八小时的活，只留下吃一口饭的时间，还是那么情绪饱满浑身充满劳动创造的快乐？这大部分也是因着你啊，平阳湖的水，有你的存在，让疲累的身躯有一个舒展的憩所，我常常忙里偷闲抄近路奔向你，有时随着一只小渔船儿漂到对岸看风景。那时，你那一波数顷，水鸟翻飞的空阔浩渺，给了我多少清宁，多少明净。

当有一天我离开你的时候，你便凝聚在我心里，像一面镜子，尽管我常常想起你又常常忘记你。

人类的心灵需要理想甚于需要物质。

——雨果

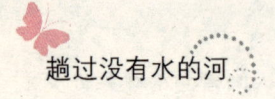
被困高速公路

结冰封路，高速公路上车的长龙长时间地凝滞不动。政府应急机制如何更快地启动？气象预警如何更具指导性？部门之间、地域之间在紧急状态下，如何更好地联动与沟通？

2008 年 1 月 13 日，对于我来说是最漫长的一天。

这一天，行业年会结束，吃完早餐，匆匆地收拾完行李，随同本单位的几位同事走出宾馆大门。尽管知道外面下雪了，但没想到雪下得这样大，我们带的车已被雪覆盖。所有停在宾馆大堂前的车都被雪覆盖。本来我们是要按原路返回，但由于被告知回去途经的盘山公路已封闭，我们只有绕宁洛高速公路回安徽。

车上高速，刚开始还一路畅行，但几十公里下来，车却越行越慢，在靠近收费站的地方，驾驶员说前方堵车了，说着，车子就停下来了。当时我们猜想，一定是堵车了，便气定神闲地坐在车里一面等一面看外面白茫茫的雪景。谁又能想到，过了很长时间还没有动静，我们坐不住了，忙下车去问，原来是高速公路开始关闭。此时，路上已成了一条凝滞不动的车的长龙，前面看不到头，后面看不到尾，我们的车夹在中间。进，进不了；退，退不出。车和人都困在路上，初见雪景的兴奋开始被百般无奈所替代，我们开始被焦灼不安所困扰。不时还见到有人从车上下来，急得团团转，脸颊和鼻子都冻得红红的。

我们被困在高速公路上，前面是一辆集装箱式的大货车，像一座高高的大山，结结实实地堵在我们的车前；紧抵我们车后的也是一辆大车，像一堵高高的墙，我们的车就像是墙根下的一只小甲虫。驾驶员有经验，将车往右边挪了挪，稍微和前后的车错开且保持间距，尽管这样，我们的车仍像是陷在深深的车的峡谷中，很是悚然。

一晃几个小时过去，临近中午的时候，所有的车辆仍一动不动。天气愈加恶劣，雪仍在纷纷地下，还伴有冰豆子，后来知道这叫冻雨。低温，寒冷，这时见一个很年轻还有点孩子气的货车司机站在车旁抹着眼泪放声大哭："这一车水果恐怕要冻坏了，十多万呐，我不知道怎么担当，只想快点回家啊……"他的货车满载着一车新鲜的水果从海南返回东北，按协议，今天就该抵达，否则，损失由司机承担。此时，他不断地接到货主催促的电话，尽管他据实相告，但仍遭到对方强烈质疑：南方能有多大的雪？

此时，还有一辆运送黄牛的敞篷车。牛们和人一样活活地挨冻受饿，饱受煎熬。车主更是心急如焚，不时地下车看望牛们，怕牛冻死。

相比之下，公务外出返程的我们，似乎要比他们轻松多了，最起码没有时间的紧迫感，没有担待责任的危机感，尽管这样，在车里长时间的困顿，很快也感到受不了了。低温，寒冷，饥饿，内急，平时都不算问题，此时，都是难以忍受的问题。特别是"内急"问题，高速公路上一览无余，想解决"内急"，是最尴尬的事。我们一车三个男同志，仅我一个女同志。刚开始，他们男同志一个接一个下车方便，我还稳坐不动，但早上是喝了一肚子的豆浆稀饭出来，我很快也坐不住了。实在憋不住，只有下车。一下车，我突然感到惶恐，高速公路上无遮无拦，哪个路段都是一样的，没处躲没处藏，许多人就地就近地"方便"了，但我没有。我固执地往前走，很快，从前面的车上下来几个女同胞，一看就知道和我有着同样的目的，我迅速地"投奔"了过去和她们结成同盟。我们终于找了个我们自认为"隐蔽"的地方，互相做了对方的一面"掩体"，顾头不顾尾地，瑟缩着寒冷中的寒冷，匆匆地解决了"内急"。

回到车上，不敢再喝一口水（此时已没有水喝）。又是几个小时过去，

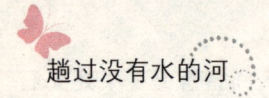
饥饿一次又一次袭来。早上出发，如果不是被堵，此时已是在家餐桌上吃热乎乎晚饭的时候了。被困十多个小时，又冷又饿，大家出来都是两手空空的，随身携带的只是一个公文包，没有任何食物。到哪儿找吃的？向谁要？每一辆车都是孤立无援，都是毫无防备地上路，有人肯定比我们还糟糕，我们毕竟还吃了早饭。

此时，几个男同志似乎对饥饿更加敏感，并且难以忍受。这不，我身旁的J君从公文包里拿出了给三岁儿子买的一只小小的玩具手枪。我记得他刚拿出来的时候又放回了包里，等再把那小玩意儿拿在手上的时候，就再也不舍得放下。原来他是受了枪管里的几粒花生豆的诱惑，看来，这几粒花生豆注定是要破坏他作为一个好爸爸的形象了，他终于还是吃掉了玩具手枪里的几粒花生豆。

临近午夜，公路上很多车灯突然亮了起来，车子终于有动静了。终于有人来管我们了，有人来安排我们了。平日再不服管的人，此时也感到有人管是多么温暖，多么必需啊。

车子开始被缓缓放行，但不是继续行驶高速，而是被疏导下高速上国道了。凌晨时分，我们终于从暴风雪中走出，终于回到家了。

回到家后，我们只记住了饥饿，记住了寒冷，记住了困顿。但我们谁也没有想到，这场暴风雪只是全国南方灾难的开始。随后的十多天里，从北向南，贯穿南北铁路的大动脉因断电而瘫痪，百万旅客滞留在回家的路上。一幕幕场景，震惊全国。

如今，那场雪的灾难早已过去，太阳照常升起，也给人们留下深深的思考：比起国家受到的重大损失，每一个困顿滞留的人，作为人的尊严与就地"方便"的尴尬，在寒风冰雪中挨冻受饿超常地付出，一样地不可漠视。

不要贬低黄昏，黄昏同清晨一样是成就事业的时间。

——天雄

魔术大师与法官

一个人，需要隐藏多少秘密才能巧妙地度过一生？辗转腾挪的功夫越好，离真相和本质就越远。

英国一个魔术大师有一手绝活，他能在极短的时间内打开无论多么复杂的锁。一次，他周游世界后回到了家乡小镇，第二天，就迫不及待地想露一手。

照例摆上了他坚固的铁房子，他把自己关在了铁房子里，门锁是小镇居民配上的非常复杂的锁。大师被锁在了里面。

30分钟过去了，大师在密封的铁房子里专注地用自己特制的工具拨动着；45分钟，一个小时也过去了，大师始终听不到期待中的锁簧弹开的声音。全场的人都屏住了呼吸，就在大师精疲力竭快要虚脱依靠到门上的时候，门，顺势地开了。原来，门，根本没有上锁。那把看似很复杂的锁，只是个样子。锁，根本没锁。小镇居民成功地捉弄了这位魔术大师：门，没有锁，自然也就无需开锁。这是一个先入为主的概念：只要是锁，就一定是锁上了。生活中，我们常常会看到这种偷换概念的问题。

2013年8月初，网络上爆出了上海高院几名法官出入娱乐场所集体招嫖的视频轰动全国。法官嫖娼，挑战法律底线，严重损害司法公信力，丧失了最起码的道德，上海纪委立即介入调查，回应社会，最高法院通报：

从严从重处理。

这起事件的曝光，不是官方自查自纠的结果，而是来自民间草民的实名举报。

起因是上海一陈姓先生，因一场合同纠纷官司输得倾家荡产，无家可归。陈姓先生后来想想怎么也不对劲，他是掉进了对方早已设好的一个圈套。想想对方多次在他面前牛气冲天地说，他高院有人。而判决书正是高院下发的。

这以后，陈姓先生多次一级一级地上访，北京都去了好几趟，结果都无功而返。灰心绝望、现实生活一落千丈的困境让他咽不下这口气。但是，他没有采取极端的方式仇视法律，报复社会，也没有到大街上满处找那个胜利了的"仇家"，去拼个你死我活，鱼死网破，而是要找出"仇家"后面的硬后台，上海高院民一庭的副庭长赵明华。从此，他以他自己的方式，开始了他一个人的战争。以他上海男人特有的精明、睿智，自备录音笔、摄像机等物件，每天卧薪尝胆，早上起来第一件事，就是想着怎么样盯着赵明华。

在跟踪调查的过程中，他理顺了"仇家"和赵明华是堂兄妹亲戚关系，来往非常密切，家族聚会等一些热闹宴席上，都有他们推杯换盏、谈笑风生的场面。如果不是牵涉到那场官司，这本无可厚非，但陈姓先生以他近六十年的人生阅历，准确地判断他的跟头一定不止是栽在"狐假虎威"的仇家身上，而是栽在拿着法律武器，却"歪着斧头砍"的47岁法官赵明华的手里。随着跟踪的深入，不久，他又发现赵明华有四处房产，其中两处价值700万元以上；不仅如此，赵明华还包养情妇；还不仅如此，赵明华还经常出入豪华夜总会和"小姐"勾肩搭背，这些都在陈姓先生后来配合上海纪委调查提供的长达100多个小时的摄像中，有实据可证。

这次赵明华东窗事发，事出偶然，也正应验一句老话：常在河边走，没有不湿脚。2013年4月的一天晚上，赵明华和高院另三名法官，应上海某公司一个副总经理邀请晚餐，晚餐后又去一家夜总会有"小姐"陪侍的包间娱乐，零点后，虽四人各回房间，却又集体招嫖，先后有四名年轻

"小姐"出入，离开后"小姐"在走廊里一边走一边把钱塞进内衣的镜头清晰可见。

就是这短短的八分钟视频，拔出萝卜带出泥，将赵明华等四名法官推到了舆论的风口浪尖。正如陈姓先生说："赵明华用手里的权力，搞得我倾家荡产；我要用法律的武器，敲碎他的脊梁骨"。

法官，是法律尊严的捍卫者，是公平正义的维护者，是社会伦理的坚守者，是公序良俗的示范者。

如果不是陈姓先生凭巨大的隐忍和耐力抓拍到这些真凭实据，这事恐怕永远无人知晓；就是知晓，也可能被捂着，盖着，袒护着，大事化小，小事化了。那几个法官只是冰山一角，冰山下的十分之九，难道都要靠小民来举报？用老百姓的话说，让他们阴沟里翻船。

世态，有时真的如魔术大师手里的一把锁；真相，有时真的是靠陈姓先生身上的一只针孔大的摄像机镜头。

世界上最快乐的事，莫过于为理想而奋斗。

——苏格拉底

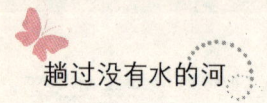
皖东作家美好乡村行

"石门流水遍桃花，我亦曾到秦人家。
不知何处得鸡豕，就中仍见繁桑麻。"

——李白《下途归石门旧居》

  诗人李白拜访乡中隐居的友人时，写下了《下途归石门旧居》一诗，向我们展示了一幅遍地桃花，桑麻繁茂的乡村景象。

  正是人间四月天，皖东的作家、记者、摄影人一行，由滁州日报副总编王连侠带队，在皖东大地进行美好乡村行采风活动，我们真切地体验到了古诗韵中的意境，更加感受到美好乡村的建设和发展。这一切激发了作家们的创作激情，大家不禁在车上就唱起了一首好听的歌："我多想变成一缕春风，飘在家乡翠绿的山林，在那果园里留下亲吻，在那湖水中投下笑影；啊，让翠绿的山林更加翠绿，让欢歌笑语更加动听……"

一

  采风活动的第一天是到全椒县襄河镇，参观新农村建设试点示范村——河东新村。笔直的村道，整齐有序别墅式的楼房，村子里休闲场所的亭台轩榭，曾经向往进城过上城里人生活的农民如今却住上让城里人羡慕不已的漂亮房子，不由人不发出一声慨叹：世事轮回，真是三十年河西，三十年河东啊。"

"……其实，人类社会脱离不了衣食住行的基本需求，人类的发展和进步也是建立在此基础之上。"听村书记讲述河东新村的变化，大家纷作记录。

随后我们来到碧云湖，也就是原先的黄栗树水库。遥望远山叠翠，近看千层碧波，恰在这时，手机响了，朋友问我在哪里，我说："不在黄栗树，定在碧云湖。"我问朋友在哪里，朋友调侃说："不在黄栗树，就在追赶黄栗树的路上。"我们哈哈笑起来，说来也巧，我们下一站去的就是黄栗树村。"逐水草丰美而居"，充分利用区位优势和自然风光的黄栗树村，按简徽派风格，打造特色旅游风情小镇，今年将全面完成美好乡村的建设。

下午 3 点，我们按照采风活动安排来到来安县的小李庄。

小李庄地处来安县汉河镇的相官村，紧邻南京，104 国道穿境而过。美丽的小李庄既保持乡村风貌，彰显村庄特色，又实现村路硬化、村庄绿化、环境美化、路灯亮化、公共设施配套化。

小李庄在总经理李光敏的带领下，紧紧依托绿色无公害种养基地，以农家生活体验为主，打造出了如今集田园风光、住宿、生态旅游为一体的绿色农家庄园。

有关李光敏的创业事迹，各路媒体都曾纷纷报道过，我们走进小李庄的时候，这位开拓美好乡村建设的智慧达人，就站在田间地头，如数家珍地介绍小李庄的情况，讲述小李庄春天的故事，记者们相机的闪光灯在他的面前不停地闪烁，成了一个别具特色的动态景点。

在采访李光敏的过程中，从他的身上不仅体现了实干家的豪情，也看到他独特见解的个人魅力。他说："土地是有生命的。""侥幸的成功，也许是失败之母，踏踏实实一步一个脚印才是硬道理。"他还对副总编王连侠说，他是滁州日报的忠实读者，报纸是个平台来传达，上面的精神，下面的意见，都需要这个平台来传达，因此来说，记者的责任重大。

采访结束，已是夕阳西下，那一晚，我们住在小李庄。晚饭后大家出来散步，感受到小李庄夜色的美妙，怎么个美妙呢？有人吟出了这样的诗句："浪漫的诗，美丽的文，宁静的小李庄，给了我想象的梦。"这个想象的梦，让我们喷喷香香一觉睡到自然醒。

还有让我欢畅的，那就是小李庄的早餐。虽然没有大酒店的自助餐丰盛，但传统柴火烧的大锅稀饭、大笼馒头，对我这个有着乡土情结的人来说，实在久违。我知道我能吃，但我不知道我到了小李庄这么能吃，稀粥喝了一碗又一碗，我的胃容量大大地超出了我的想象，剩下的最后一个馒头，实在吃不下了，又不舍得还给人家，自个儿悄悄地用餐巾纸包裹好塞进手提包里。

早饭后，全体采风人员与李光敏合影留念，握手告别的时候，我想说：下次来，我一定是以旅游者的身份，为的是小李庄田园风情安逸的夜晚，为的是很得味可口的农家饭菜。

二

第二天的行程继续按照活动方案，一路驱车前往滁州南谯区"城中有村，村中有城"的姑塘村进行采访。进村政府办公楼，不用人家倒茶，自来水可直接饮用。到村民家里，与村民交流，村民们谈吐不俗，这哪里像是过去的农家汉，男主人还戴着副秀气的眼镜，不仅像是城里人，更像是城里的文化人。他们不仅住得好，家里的摆设也让人叹为观止，采访结束，哈哈，我赶紧"撤退"，不然，城里的日子没法过了，城里的房子没法住了。

紧接着，我们一路前往珠龙镇无公害蔬菜基地，红彤彤的西红柿，青脆脆的黄瓜，新鲜诱人的红草莓，如果菜场都供应这样的蔬菜，我们每天拎菜篮子的心何至于提到嗓子口？

经过大柳，著名的大柳草原虽然没有北方草原的辽阔，但站在它的面前，让你放下胸中块垒，眼里看到的是一片草原，心里却如开阔的蓝天。

来到章广镇的万亩枫园，虽然不是枫叶红了的时候，但我的心中已燃起红枫一般如火的激情，其实啊，采访了一路，我的心理秩序和心理感受一直处于某种活跃状态，它发出属于自己特别感受的声音，比如印象较深的还有这么一个人，在金盛獭兔养殖场，见到了 2012 年央视评出的"中国好人"王学成。王学成是个身有残疾的中年人，他养獭兔养得非常成功，最为可贵的是，他还帮助乡亲四邻共同致富，近年已走上产业化的发展之路。初见王学成的时候，不像哪里有残疾，仔细一看，原来他的右手几乎没有手指头，只是一个蜷缩的手掌，看见记者时，他好像有点难为情，他本能地用左手挡住右手，我想，这一定是他因自卑的阴影存留养成的习惯。但我想说，王学成，你虽然仅靠 5 个手指头做事，但比起"只有身上肉，没有肉里骨"的人，你是可钦佩的，向你致敬！

与王学成告别，我们来到下一个采风点：金山文化村。金山文化村离滁城 30 公里。

来之前听说一个邢姓有识之士花巨资把在江西婺源的一座明清老宅搬迁过来，这次眼见为实。这个老宅据说过去是个丞相府，家里还有一个大戏台，我们中一位年轻的女记者，学着青衣，迈着碎步在这戏台上走一遭，我也学着来一遍，就不像了，肚子笑疼。下了戏台，算是掉进了这家的迷宫，从这个门进去，不知从哪个门能出来。这古宅内部纯木结构，各种精雕细琢花鸟草虫虽经时间侵蚀，仍栩栩如生，想来，古物是有生命的，辨物如识人，丞相昔日泼天家业，如今成为皖东大地稀有古民宅中的一个亮点。

三

午饭后，我们在去施集茶场的路上听说附近有一个葡萄泉，大家一呼啦下车看看。葡萄泉有年头了，但很多人是第一次听说，更是第一次看到。葡萄泉像一个圆形的巨缸，你悄悄地来到它的面前，水面纹丝不动；小声咳一声，它便发出一串葡萄样有趣的水泡；大点声响，就会来两串。我们人多，齐喊：葡萄泉。它大为振奋，从泉底发出串串葡萄状的大水泡，逗人发笑。

泉水清澈，躬身去掬，先清爽颜面，再喝上一口，感觉赛过农夫山泉，何止只有一点甜。

对清流关早已向往，这一次终于如愿以偿。清流关距滁城25公里，南唐建关至今已有1000多年，其古战场、古关隘、古驿道，为全国罕见的三大古遗址。特别值得一提的清流关古驿道，青石板的路面至今留下车印很深的凹槽。

进清流关的路上，幽幽的山道，野花烂漫，一条清亮的小溪缓缓流淌。

来到清流关前，虽断垣残壁，但仍有"一夫当关，万夫莫开"威武之势，旁边有近乎完整的碑石，上面刻着的文字清晰可见，这是古人留给我们的信息，可以想见，当年，经过清流关的，不仅有策马提刀山呼海啸去驰骋疆场的将士，也有进关出关的平民百姓贩夫走卒。如今，这里少有人来，除了寂静，还是寂静。

在我们下关的路上，往来不息的是采茶送茶到茶场忙碌的茶农。

大路两旁，洋槐树叶青青，洋槐花味馨馨，一路伴我们乡村行。

历时两天的采风活动很快就结束，一路乡村的美好，一路的歌声和微笑，一路的感知和感动。虽然我们没有跑遍皖东的山山水水，没有采访到更多为美好乡村建设发展出力的优秀人才，但窥一斑见全豹，可以想见，在大规模开展美好乡村建设的背景下，各地各人各具不同特色罢了。

采风活动虽然结束，但皖东美好的乡村画卷，才刚刚打开；皖东美好乡村的生活，才刚刚开始。期盼来年再走皖东路，抒写皖东新篇章。

海纳百川，有容乃大。壁立千仞，无欲则刚。

——林则徐

通讯录上你有几个知音

电话，无疑是人与人沟通交流最便捷的工具，它完美了人们的生活，也见证了人的孤独。

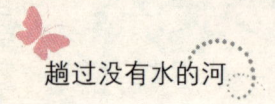

老别墅照片后的女人

我如果能活到我外婆那么高的寿数，且又能做自己想吃的东西，那就是我晚年最大的福分了。

我们很少谈起她，似乎已把她遗忘。有关她记忆的碎片，还是偶然发现她的一张老照片开始的。

这是一张陈旧的照片。照片上，是一栋20世纪30年代的别墅的背景。这个别墅是有名的浙江莫干山老别墅，背景里的这个女人，细细的腰身，弯弯的笑眉，妩媚，年轻，美丽。

别墅前她小鸟依人般紧紧挽着的这个男人，是当时的一个国民党军官，少壮，健硕，给人雄心勃勃的印象。这是一对让人羡慕的男女，他们真的存在过吗？

照片背面有几行字，从娟秀的笔迹看是女人写的，"我对你是有所依恋的，但中间隔着齐曼仙……"后面的字模糊得看不清了，这几行字一定是照片中的这个女人写给照片中的这个男人的。齐曼仙是谁？照片中的这个男人又是谁？

本来我是有机会得到答案的。因为照片中的这个女人就是我们家庭里的一个成员。她当然早已不是照片中的模样，她是我的上上辈。

小时候，听大人们说她是一个有故事的人，年轻时是一个角色。但从来没有听她说过她自己。除非她愿意。她就是愿意，现在也说不出了。她几年前已故去。她和她的故事都进了坟墓里。那是一个永久安息的地方。无人再向她打听。她也获得永久的安宁。

但这张老照片，似乎掀开她过去生活秘密的一角。为什么这么说呢？其一，照片上的这个男人对我们来说根本就是陌生人，或者说我们根本就不知道他。其二，以我们的家族渊源，虽然一代又一代崇尚识文断字，在乎知识文化，但都是清贫门楣，小家屋檐，哪谈得上与别墅有关。但从这张照片看，的确是有人与之有牵扯有关联，但如何地牵扯，我们还是一无所知。

再看看照片上这个曾经美丽的女人，从我记事开始，她已与普通的老妇人无二样了。不知道她是如何将自己包裹起来的，也许无意遮掩，她只是活在当下罢了。尽管她从来没有对任何人说过她自己，但她毕竟是有过非凡经历的女人，现在回想起来，不是没有留下痕迹。偶见端倪的是一件粗呢绒大衣，也能穿出别致风情来，有眼力的人说，这个老太太年轻时一定不简单。

在我上学的时候，记得她每年都要从浙西老家来我们安徽小城住上一些日子。那时我父母工作忙，我们一家的生活安排我母亲全交由她打理。她一来，我们家粗茶淡饭的日子立马会变成有品位的生活，比如，她连一根小葱一瓣小蒜都切得有讲究，一点不马虎。饭菜吃得不见得有多好，但讲究色香味，而且摆样美观，一碟小菜，也要很像样地端上桌。她有两样拿手好菜：西湖醋鱼和红烧五花肉。西湖醋鱼是外酥里嫩，甜中带咸，咸中带鲜。红烧肉是肥中夹瘦，瘦中夹肥，瘦而不硬，肥而不腻。堪称一绝的是，不放一滴酱油，居然能把肉烧得红汪汪，喷香油亮，令人至今馋涎欲滴。

她做的蔬菜也有讲究。我曾经饶有兴趣地看她剥豆壳角，有时伸手想帮她剥，却被她一手挡回去，原来她先把豆壳洗干净，然后再剥，剥过的豆子不沾到手，不用洗可以直接下锅，说是保鲜。她择过的菜也像洗过的一样干净。滑稽可笑的是，一次，她将一把韭菜择好临时有事出门，我母亲中午下班到家，见干净的盆里有现成的韭菜，没有一丝犹豫和疑惑，刷刷地在案板上来几刀下锅就炒了，等她回到家，才知道她没有洗的菜中午

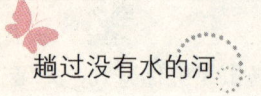

全给家里人炒吃掉了。

她那时已经上了年纪，老弱斯文，好零食也好读书。她的床头常常放一本《儒林外史》和一只图案典雅的点心盒。冬天，我喜欢挤到她的被窝里，和她共享一只焐脚的汤婆子。常常在半夜，她以为我睡着了，便从点心盒里摸出东西来吃，且注意咀嚼不发出声响，吞咽更加细微无声。我动了动，表示我醒着。醒着就醒着，她还是自顾自吃她的。除非我伸手要，她从不主动给。有时给我留下一小口还搭上一句："少吃点，少吃点，你们小孩子以后吃好东西的日子还长着呢。"后来，我把这事对母亲说，母亲说：她一辈子没有生养，不知道疼孩子。原来我天天叫外婆的这个人，我的血管里并没有流着她的血。我母亲的血管里当然也没有流着她的血，但我依然叫她外婆，因为她是我们的亲人。

我家的住房虽然不宽敞，她每年来的时候，我母亲还是竭尽所能地为她开辟一块属于她自己的领地。所谓的领地，就是在本来并不宽敞的房间再摆上她的一张床，放上一个床头柜。她好像并不在意这个，她在意的是，要有一个摆放马桶的地方。她在意的是那样地固执，非有不可的固执。现在想想，就能理解她了。一个20世纪30年代就用过抽水马桶的人，是不愿意上公共厕所的。她在小床的一头扯一块布帘，保留着她的一个私密的空间。她按自己的意愿生活，比如喜欢用古旧的小闹钟，喜欢昆曲，时不时地还听她哼上几句《牡丹亭》里的词儿："良辰美景奈何天，便赏心乐事谁家院？朝飞暮卷，云霞翠轩；雨丝风片，烟波画船。锦屏人忒看的这韶光贱……"这些不经意的表露，恰恰就是她过去生活的佐证吧。

记得有一年随她去了趟浙西老家。一个古老的小镇，一条小河从镇上穿过。小河是缓慢的，寂静的。小桥有近百年的历史，留下岁月的痕迹。外婆当时已是66岁的人了，她16岁离家，正如她所言："大把大把的光阴，它们去向不明了。"

至于她是如何上的莫干山，在那里待多长时间，和照片上的这个男人是私期密约还是光明磊落的正常关系，这都是一个谜。

去年我去杭州，特意去德清上了莫干山，拿着这张老照片按图索骥。刚开始是洋人看中了莫干山，在这块幽静的地方造房子，那是清末民初的时候，随后又是上海滩很多有钱的资本家，还有一些国民党官僚，都在此留下当年的气息。可无数栋格局和造型各异的别墅隐现于莫干山，如想找到外婆照片上的这栋别墅还真不容易。于是便求助莫干山管理局，工作人员经过仔细辨认，便把我们带到一栋中西合璧的小洋楼前。小楼构造精美，有诗云："玲珑半山栖，掩映修篁间。"犹见考究的拱门前的廊柱旁，是外婆当年站着的地方，便感到这栋老别墅要开口说话了，说一个尘封往昔的故事。从资料上看，这里的确住过一个国民党政要和他的姨太太，1949 年全部去台湾了。外婆显然不像是姨太太，不是姨太太的身份那又是什么呢？当年可值依偎的是真挚情爱还是昙花一梦的爱情游戏？这些外婆从来没有对我说过。我后来爱上文学，常常沉入一些子虚乌有的幻想，外婆说，望着天上飞着的一只大鸟，不如在自己的手里攥着一只麻雀。现在重新回味外婆当时说得明白却没有说透的话，这句简单的话是否包含她满腹的沧海桑田与面对现实的清醒与无奈。至于她何时从别墅走出，从莫干山下来嫁给我早年丧妻落魄书生的外公，我还是一无所知。没听过外公对她的评价，但听过外婆对外公的看法，她说：外公能耐心地栽种一盆花，养一只鸟儿，手工做一个花架子，有半口吃的也想给老婆留一口，这样的男人，是女人的宝贝。

后来，当外公去世，她接替他耐心地栽种一盆花，养一只鸟儿，自始至终自然而然地追求生活细节的完美，并牢牢地守护着这份完美。固守着旧日的品位，茶杯放的是不是原来固定的那个地方，依然是她的讲究。

我很庆幸没有在她活着的时候看到这张老照片，不然，以我不知趣、好奇心重的性格，一定会追寻她的过去，找她索故事，今天要，明天还要。无论是曾有过的风花雪月还是后来的云淡风轻，都像翻搅一个人的五脏六腑，锥心刺骨的疼痛，让外婆情何以堪？她还能安静地过好她的晚年生活吗？我终于明白她为什么从来不说自己。因为她活的就是她自己。

这张老照片今天看来只是岁月的痕迹，是对曾经的一种证明而不是挽留。

过素净家常的日子，在生命的黄昏，依然情感充沛，深水静流，使我看到她区别于很多比她年纪小的老年人。她在九十高龄的时候，依然手不

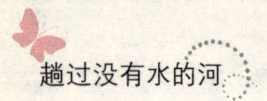

颤抖，思维敏捷。最重要是她基本没受过她自己身体的罪，不仅小米锅巴嚼得嘎嘎脆，有时她还喜欢站在灶台边，操动铁锅铲，为自己翻炒爱吃的大青豆。看看我身边很多的老年人，不要说是自己能做自己喜欢吃的东西，就连去买现成的都没有那个脚力了。

在她92岁的那一年，一个春光明媚的日子，那天早晨，她为家里人下了一锅热腾腾漂着新鲜葱花的小馄饨。下午，她又去附近派出所换回她的第二代居民身份证，还顺路买了几块云片糕当她的下午茶。

当天夜里，在睡梦中，她悄然离世。

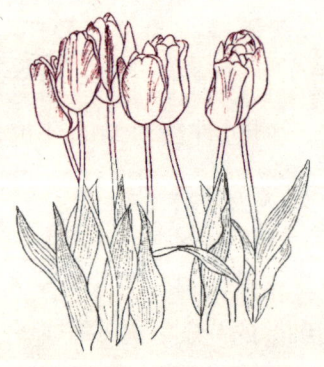

一个人的绝对自由是疯狂，一个国家的绝对自由是混乱。

——罗曼·罗兰

通讯录上你有几个知音

且不说通讯录上你有几个知音，生活中你有几个知音？当你在最困难的时候，或是在最孤寂的时候，摸出手机，你第一个想要拨给的人，一定是你的知音。

通讯录上你有几个知音？不到百无聊赖，想找个人说说话，捧着随身装的通讯录本，一页一页翻过来翻过去都无法认定，你根本无从知晓。

茫茫人海，紫陌红尘，曾有无数人叹息想找个随时能倾心说话的人都没有，这样的叹息总让我无语。

当今社会，人们大多被欲望膨胀，被生存挤压。人与人之间友情的维系和保养的成本亦高。友情稀少，知音难觅，古亦有之何况现在？仅仅说话聊天，古人就有"谈何容易"的感慨。"不有学也，不足谈；不有识也，不能谈；不有胆也，不敢谈；不存牢骚郁积于中而无路发掘也，不欲谈"。但我想，这些都是清流高士所择，像我等凡人，不奢望高山流水，只企求三二知己足矣。

我有过"寒夜客来茶当酒，竹炉汤酒火初红"热闹火热的清谈；也服从过预约，正襟危坐，说些隔靴搔痒作弊灵魂的话。我想，无论是旧雨新知，还是新朋老友，如果是在大街上碰到面，站在马路边也能客客气气地拉拉手，说说话，兴致所至，开心就好。

记得有一段日子，总有那么几天，情绪低落，精神恍惚，我从包里翻出通讯录，找到我的一个女文友，想都没想地电话就拨过去。从她喜悦的语气来看，她仿佛在等我的电话。我们随意聊天，我提到：她上次帮我邮寄我所需要的资料，我至今还没说一个谢字，她言及小事一桩，举手之劳，不足挂齿。

我说我们初次见面好像都不喜欢对方，那是参加在北京举办的一次散文笔会时，会议安排我们住一房间，当时，你拎着行李迟疑不决，我也站着不走。组委会工作人员也看出来了，说，你们先住下，如不合适，再作调整。我们只好先住下。住下后，并没感到不合适，散会后却成了一对好姐妹。

去年，我去镇江出差，她放下公务，陪我游览金山，寻访西津古渡，见识镇江三大怪："肴肉不当菜，香醋放不坏，面汤锅里煮锅盖。"

电话里，我们提旧事，谈新闻，说家庭也聊孩子。十分钟的时间，放下电话，先前的焦躁，无着无落，恍若隔世，全身心顿觉被阳光普照般地温暖。

电话，无疑是人与人沟通交流最便捷的工具，它完美了人们的生活，也见证了人的孤独。一次，想和过去的老同学聊聊天，上次同学聚会至今意犹未尽。同学很多，我物色了好几个，又筛下两个，最后确定的这一位我认定是谈得来的人，因为那次聚会就我俩话多最投机，想不到的是，她接到我的电话，一副懒洋洋刚睡醒的样子。但听出是我，马上一激灵来了精神，也不知哪来的那么多话，一股脑儿地向我倾倒过来，听了半天才知道全是她单位花里胡哨的事。我提及上次同学聚会，我想把话往那上面引，但我根本就插不上嘴，而她说的话，就像锣鼓擂得轰轰响，一句也没落到点子上，也就是说，一句也没有说在我心上。好不容易插上一句，又仿佛是她话题的药引子，被她枝枝蔓蔓铺展开来，更洒得铺天盖地。她的话有趣味、有意思倒也罢了，简直像一桶白开水，硬灌给你，至于都说了些什么呢，我现在一句也记不清，只感到在她的话题里，我像一只走不出沙漠的骆驼，她却像盘旋在沙漠上空的雄鹰。当我终于称有事放下电话，整个人像是踩在几尺深的棉花上，提不起劲，浑身肌无力，以至我好长时间不想与人聊天通话。而偏偏就在这时，有人给我打电话聊天。

　　那是一个周末的夜晚，我在书房里看书很久，正要就寝，突然接到潘君打来的电话。当时，我的脑子处于搜索状态，我没有想到是潘君，我们不常联系，我们的交情还没有到随意在深夜就能来电的程度。刚开始我非常诧异，但随即凭直觉判断，潘君只不过是在无边的黑夜，找个无关利害关系的人，他只是想和你说说话而已。因为每个人都有自己的纠结，都有深陷孤独的困境，需要和人聊一聊，说一说。在拿起电话打给我之前，他一定是有过其他的选择，确定打给我的时候，他一定也有过犹豫，担心失礼，畏惧被冷淡被斥责，最终拨通电话，我反倒钦佩他的勇气，感谢他的信任。

　　梅特林克说过："我与你相知未深，因为我不曾与你同处寂静之中。"诗人对于自我与他人关系的观察可堪玩味。

　　潘君是距我百里之外本行业的一位领军人物，然而，对他最初的印象是在一次行业年会的间隙，他吹口哨给大家听。先是一支舒缓抒情的《多瑙河之波》，接着又是激扬畅漾的《我的太阳》，最后是一支轻松明快的《小小少年》，非常好听，当时我称他是"口哨哥"。会后不长时间，一次在电视里看到对他的访谈，感觉他活得不一定像他吹的口哨那样轻松。

　　那夜，他贸然来电，先是为深夜打扰表示歉意，并再三解释说没有事，就是想和你说说话，聊聊天，同时还说不要误会。哈哈，这"误会"是否包含他没有别的意思，也暗示我不要多心，准确地说不要自作多情？我呵呵笑着对他说，都是性情中人，没有关系的，我也经常找人说话聊天，逢人如遇己嘛，权当自己给自己照了回镜子。我们在电话里都哈哈笑起来。

　　那一个夜晚，我的话很少，我不说，我只是听他说。他心灵巨大的空白地带，需要不停地靠话语来填充。我只是"静心听心曲却不好奇探究，涵容悲喜而又善解人意"。他很感激我善意的理解和接受，没有他先前担心我会惊惊乍乍的样子。于是，他无所顾忌，畅所欲言，至于说的是什么，都不是很重要或不重要，抑或有意义或没意义。重要的是，他的话很纯净，显示他的天真性，这种天真是曾经沧海之后的识见，是一种精神能力，散发生存场景的气味，这就是我们常说的现场感，有尖锐的气质，正

视人自身的弱点。但我肯定这都不是他在主席台上端坐时惯说的话，相对于在大白天见到的形形色色的"套中人"，我更愿意接近能撕开夜的面纱，敢于表露自己的坦荡君子。尤其是在这样的夜晚，共处寂静之中，窗台上一株米兰，正沁出幽幽的暗香。我也已然从他人的生命流转中观照到了自我的生命！那是一如哲人们所说的"生命的本质是孤独。"正如此时的米兰幽香，无论我如何描述，只有我自己闻得到，对方闻不到。

我还是没有多话，怕多余的话，会像一把胡椒盐，不合时宜地洒进锅里，改变汤的味道，直到他的声音有点倦怠。

"歇吧，兄弟。"我半带调侃地说。潘君不好意思，说：好吧，但我最后要吹支口哨给你听。还未等及我要听什么，他的口哨便热情洋溢、悦耳动听像风一样地吹过来了，在这不寻常很有质感的口哨声中，我感觉到，人与人之间原来是很容易沟通的。

他的口哨在吹，我的思绪在飞，无须再说什么了，虽然困意全无，我还是在他那纯粹、轻快、自然的口哨声中，悄无声息地放下了电话。

有一种联系，只要温暖过对方，或被对方温暖，并不需要保持，来去如风，无语最好。

至于通讯录上有几个知音，完全没有必要寻觅，更不必悲哀。很多时候，人与人需要的不是一双提供帮助的手，而是懂得倾听的耳朵。把你的耳朵叫醒，无论你走到哪里，在什么地方，哪怕见到一个孤独的牧羊人，听到他把牧羊的鞭子在空中甩的那一声脆响，也能在你的心中激荡，那么，你便会得出你自己的一个结论：善栽玫瑰，自有花香。

创新是一个民族进步的灵魂，是国家兴旺发达的不竭动力。

——江泽民

"达人秀"上俩小孩

达人秀，秀达人；民间有人才，人才在民间。

自从上海东方卫视有了"中国达人秀"比赛，我就非常欢喜，连看了两季，先是欣赏三人评委之一的周立波，他的海派清口，一个人，一台戏，早就名声大震。他当达人秀的评委也不赖，思维敏捷，出语不凡，话到了他的嘴里，简直就是魔句了。

"达人秀"，当然主要还是看达人了，我比较喜欢的一个是第一季的亚军张冯喜小朋友，另一个是第二季冠军，街舞达人卓君。

先说说张冯喜小朋友，一个只有6岁的小姑娘，却让全场笑翻了天。你说她可爱吧，她脸上一点表情也没有，但她无论是模仿周立波，还是说她自己的段子，都赢得轰场大笑。

她不像秀兰·邓波儿，也不像现在很多被训练的甜美讨喜却又模式化的小女孩，她很本真。可一个小孩子怎么会如此淡定，大人们都难以做到。她的淡定，却又一点不像小大人那样的老气横秋，她非常招人喜欢，淡定得可爱，毫不做作，每次看她的表演，我总是要大笑一场。

再说一下卓君，19岁的卓君，是来自广西南宁的一个单纯而又聪灵的乡村男孩子，不仅是村里唯一的大学生，还自学街舞，自从参加达人秀比赛以来，一路从上海到北京人民大会堂，又从人民大会堂来到上海八万人体育场。

街舞，顾名思义，是在大街上跳的舞蹈，最初是 20 世纪 60 年代美国黑人贫民的舞蹈，因为肢体语言的灵动性，很快风靡全球，成为城市文化的一部分。但是，大部分的街舞是喧闹暴烈的，但卓君却演绎得亲和，亲和的舞步看起来轻松，但学起来不是很容易。卓君勤学苦练，放假回家务农时，他在田间地头把街舞当成犁，当成了耙，随时随地练。走在路上，他也像小树苗似的摇摆，甚至走在有影子的地方，他也能出神入化如入无人之境不断地练习。没有老师，纯上网看视频自学，终跳出自己特有的街舞风格。特别是自编自创《稻草人之恋》，一片金黄麦浪的田园背景，一个伸展双臂的稻草人姑娘，一个青春勃发对爱情怀有无限憧憬的乡村男孩，通过街舞的演绎，把人带到有生命、有血肉、有情感的朴实纯净的境界，激发起人们对自然、辽阔、美的畅想，让人不禁想称许这个让人心里踏实的可爱男孩。

就在"达人秀"冠军落下帷幕不久，接下来的舞林大会，卓君被邀请参加。我看到瘦小的卓君裸露的上身被涂得色彩斑斓，配给他的一个女舞伴，浓妆艳彩，舞姿妖娆，表情狐媚挑逗。卓君明显笨拙，跳得不自在，我想这孩子刚出道，一定身不由己，但愿舞林大会不要带坏了这个孩子。

现在，张冯喜小朋友已经放下她的达人冯喜秀，背起她的书包上学堂了。卓君也回到他的大学课堂，完成他的学业。从平凡中来，回到平凡，不深陷于一夜成名的荣耀，晓得岁月无惊才是人间正道，才是一个真正幸福的达人吧。

能够使我飘浮于人生的泥沼中而不致陷污的，是我的信心。

——但丁

看球就是看男人

球赛场上的人们，看似呼啸如黄河般咆哮，撒野似的狂跑，但却有精力高度集中的射门意识。

　　盛夏酷暑，因为有了南非世界杯，人们有了期待。外婆如活着，她一定不会放过每一场争锋。外婆并不是球迷，正如她所说，我哪里懂球啊，我是看男人。

　　真刀真干，看男人最奔放最原始最霸道的一面。看男人的争强好胜，精力高度集中的射门意识。看男人呼啸着，奔腾着，气血贲张着。外婆说，球场上最能辨别真假男人。

　　难忘 2010 年 6 月 23 日，南非世界杯小组赛，英格兰 1：0 战胜斯洛文尼亚。英格兰前队长特里飞身横跃，试图用头挡住对手的劲射。这一瞬间，不但激励球场上的队友，也向世界球迷诠释了"生死之战，看谁软蛋"的铁血男儿本色。遗憾的是，尽管南非的战鼓擂得咚咚响，却没有咱的事，没有咱十几张纯爷们的小黄脸。

　　　　　自信者不疑人，人亦信之。自疑者不信人，人亦疑之。

　　　　　　　　　　　　　　　　　　　　　　　——《史典》

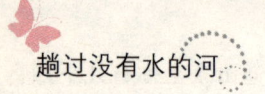

路过风力发电厂，看看

风力发电，是节能降耗的好办法，体现了真正的科学发展观。

一天，我们一行人骑着自行车进山自助游。透过车窗，远远地看见广阔的田野里，山坡上，竖起一根根标志性的风电机杆。机顶上的风轮，像时钟一样，不停地随风速转动。

这是风力发电机。风，真的能发电吗？

索性下车，在路上远远看见不停转动的"风电机杆"，一走近，好家伙，原来是一座塔啊，塔身几个人都围合不过来。去基地看看，人家工作人员在不停地忙碌，据技术人员介绍，这是国内目前规模最大的风力发电机组，每台机组高80米，风轮直径87米。近前一步，即听到塔肚里呜呜轰响，技术人员告诉我们说，是风在发电呢。我们不解，现在风速并不大，技术人员笑着说，不大，也在发电呢。

这使我想起曾看过的一份资料：18世纪初，横扫英法两国的一次狂暴大风，摧毁了四百座磨坊，八百间房屋，一百座教堂，四百多条帆船，二十万株百年大树连根拔起，仅就拔树一事而论，风在数秒钟就发出了一千万马力，即735万千瓦的功率！

有人估算过，地球上可用来发电的风力资源约有100亿千瓦，几乎是现在全世界水力发电量的十倍。目前，全世界每年燃烧煤获得的能量，只有风力在一年内所提供能量的三分之一。由此可见，在全球变暖，环境恶化，资源日益枯竭的今天，风力发电是多么明智的举措。

这个地方属低丘陵山区，虽适宜风力发电，但石头山地没有水。水井打得再深，打出的水却像是酱油。缺水，是困扰基地工作人员最大的难题，他们每天的吃用水，只能到附近山里的一个细小泉眼边去接。我们离开时，几个人都把自己车篓里的矿泉水拿下几瓶给他们。

回去的路上，标杆式风力发电机随着我们返程的车速，渐行渐远。所有的感觉化为缕缕春风，轻拂肌肤，触摸心灵。

风力发电是节能降耗的科学发展观的体现，是先知先觉的智识者的举措，是现代人在与能源危机抗争时采取的有效对策。对风力进行开发和利用，减少二氧化碳等温室气体的排放，保护我们赖以生存的地球，不是部分人的义务，而是每个人的责任。而我们作为地球上的一分子，如能有合理的生活体系，健康的生活方式，崇尚自然的环保意识，国家的资源越来越丰富、环境越来越美好的一天就一定会成为现实，而不是梦想。

我们对自己抱有的信心，将使别人对我们萌生信心的绿芽。

——拉劳士福古

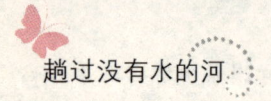

不痛惜无所事事的时光

最慢的是活着。

常常提醒自己，不要浪费时间，一寸光阴一寸金，时间要用在刀刃上。

2012 年初，我们当地电视台为我制作二十分钟《文苑霞光别样红》访谈专题片，随后滁州电视台《环滁之旅》转播。记得当时主持人陈沁园先生问我是如何珍惜时间的，我很老实地回答："我每天都把时间攥得紧紧的，哪怕工作间隙，我也不舍得多浪费每一分钟，多少年如此。"

这话具有某种明显的公示性，我是否真的有必要说出来，虽然珍惜时间来自珍惜者的言说姿态，如果有人置疑，你省出来的时间干吗，我坦率地说，我一定是干私活。我办公室抽屉里就常年备有一个笔记本，它记录着我抄写的读书笔记和转瞬即逝的灵感，一周下来，就会有一个很像样的累积，不然，时间就从指缝里溜走了。"我不舍得浪费每一分钟。"当时的确说的是老实话，因为是业余作者，只有利用起点滴的时间，多少年下来已经成为我的一种生活方式了。

不写作我在干吗呢？不写作，我的日子也过得像身后有狗撵狼追，紧紧张张的，整个人一股劲地往前冲。直到有一天，我病倒了，躺倒在床上，书也拿不起来，每天呆坐着，看着窗外。窗外，院子里的树叶哗哗地响，从早到晚，就这么看着。慢慢地感觉到：花开花落，这也是大地上很美的一景啊，我以前怎么就没注意到呢。站在窗前看风景，或坐在床沿发呆，或将一只塑料袋反复使用，而不像以前以节省时间的名义省心省力地一扔了之。能静下来，闲坐下来，不急着找理由或任何借口离开，慢慢地生活，品尝生活的真味，悠闲地安排自己的生活，不再像猴子一样在大地上忙来窜去。试想想，经验的累积，感受的沉淀，细致的体验，哪一样是在奔忙中产生的呢？如果每个人每天都向时间要时间，没有闲适，没有安宁，生命的本真难以存在，那活的又有多少趣味呢？其实啊，紧张的工作学习和适度的放松懒散，让自己的心真正平静一点、快乐一点、轻盈一点，是不是就算是活得真实一些呢？

　　然而，今天是一个梦想飞扬的时代，更是压力巨大、浮躁空前的时代，什么都操之过急，就连两性相悦，肌肤还没有来得及觉醒，就被搁置一边麻木地沉睡了，如同冲进快餐店，来了一顿汉堡包，吃饱后才发现没有品评滋味。而法国人，一餐饭能吃三小时，把所有感觉的味蕾都动员得欢天喜地，一个细节也不放过地去享受。我们是不是也应该向人家学习，慢慢地嚼，慢慢地咽，享受吃饭的同时，从养生的角度，也保护了我们的胃。所以，专家的建议不无道理：一口豆腐在嘴里也要嚼一百下。慢下来，沉下去，哪怕坐着发呆半天，也不在意，也不会自责这半天什么也没有做。没有收获就是收获，这就是生活。

　　我的一个朋友跟我说过这样的一件事，她说，周末逛超市，逛了半天，家里没什么需要，就不想买什么。但又一想，逛了半天，我得买点东西，不然，这半天的时间不就浪费了吗？于是，她推了购物车，见到顺眼的就往车上放，结果装了满满一车，快到收银台跟前了，她忽然转念，我买了这一车东西，家里其实根本不需要啊，家里的冰箱昨天门都快关不上了。于是，临阵脱逃，果断放弃，把一车东西扔下，空手回家了。

　　不痛惜无所事事的时光，想起前些日子广为流传的一条微博："中国，请停下你飞奔的脚步，等一等你的人民，等一等你的灵魂，等一等你的良知！不要让列车脱轨，不要让桥梁坍塌，不要让道路成为陷阱，不要让房

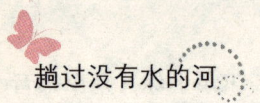

屋成为废墟。慢点走，让每一个生命都享有自由和尊严。"

慢一点，再慢一点，能够安宁下来，人的责任心就会摆在眼前，就会提到嗓子眼，2011 年 7 月 23 日在温州的火车脱轨还会发生吗？三十多个事故中的牺牲者，让人揪心的痛。

我想问问我敬爱的伟大领袖毛主席，人虽固有一死，可他们的死，是重于泰山呢？还是轻于鸿毛？

青年人的特点在于他们抱有做理想事业的宏大志愿。

——加里宁

做一个愚不可及的人

大智若愚。这句经典话语若用在我的身上，就应改成"弱智若愚"。

家里有一件物品，没有在它本来该待的地方。这倒也算了，可令人心烦的是，它非常地碍事。重新挪动调整一下则很容易的，可我就是听之任之，这有悖生活的常态。

好在不是在家里的客厅，是在我小小的书房，对家里人没有产生不便，感到不便的恰恰是我自己。这一件物品，是什么反正不重要，重要的是，它的确不应该在书房的中央，是书房里的一个别扭，一个很大的别扭，甚至可能还会有继续下去的别扭。为保有这样的别扭，我让自己生气着，自己生自己的气。

这件物品是我的俘虏，也是我的假想劲敌。我太需要某种障碍来提醒我，我需要它时时提醒，要我对它生气，我怕我不对它生气，我想如有一天我不对它生气了，就把它挪走。

但令我没有想到的是，它也会有脾气，甚至比我还厉害。它厉害的表现是生闷气。一天，它自动地瘪了下去，我找来气筒，使劲地往里打气，打呀，打呀，"啪"的一声，爆裂，炸开，像打了膨大剂的西瓜。从那以后，那个位置，自然就空荡了下来，它自然就不存在了。那原本是一只节

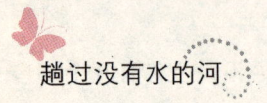

日里才能看见的大气球，但每次我还是有绕开那个空荡位置走的习惯。

活到这个岁数，算是日过中午，太阳开始下山了。抑或说是人生开始走下坡路了。慢慢地发现，被尊老，被宽容，被礼貌。活得坦然了，活到这个份儿上，是梁实秋先生说的没有人愿意和你过招了。你自己也懂得以有效的方式坚持自我了。工作中，不像年轻时容易和人产生矛盾，旁人不会在路上给你设置什么障碍了，谁会阻拦一块从山上滚下来的石头呢？

于是，自己松下劲来。日子缓慢地逝去，如一条没有波浪的小河，时间久了，无所适从。那怎么办呢，像是活得不耐烦了，人家不烦我，我就自己烦起自己来。于是，和自己较劲，和自己闹别扭，在自己身边堆满荆棘，在鲜血淋漓的刺痛中去保持那份对外部世界的敏感。

有一天，我喜好的一只瓷花瓶被我无意打碎了，懊恼至极。不行，我也学评剧演员新凤霞，她打坏了一个小茶壶，上街去买一个一模一样的，自己赔自己，我也学她那样。

我呀，自己赔自己，自己给自己设障碍，真是个愚不可及的人啊。

不登高山，不知天之大也；不临深谷，不知地之厚也。

——荀况

旧恩难忘

滴水之恩，当涌泉相报。但如今又有多少是被看重了的"助你过了河的桥"？

人的感情脉络很深，不触到心灵的深处，往往仅限于表面的层次。然而，丰富多彩的生活常有扣人心弦的事发生，人的感情就这样会被连根拔起。

那天上午在办公室读晨报，一条"一年心难静，只为谢旧恩"的热线新闻引起了我的注意。

一位在江汉油田工作的黎先生，因参加"西气东输"工程建设来到安徽滁州，一次在合肥办完事准备回滁州时，忽然发现钱包不见了，人生地不熟的黎先生万般无奈之下，抱着试试看的心情，来到一辆车身上写有"合肥至滁州"字样的小型客车旁，向司机讲述了自己的遭遇，得到了司机的同情，司机免费将他带到了滁州。

一年来，黎先生因工作需要随工程队四处奔波，跑了甘肃、浙江等地，但无论到哪里，一年前发生的那件事都始终牢记在心，随着时间的推移，想要表达感激之情的愿望越来越强烈，遗憾的是自己当时粗心，没有问询司机的姓名，也没有在意车牌号码，如今想补回那张车票，又不知恩人是谁。

看到这里，我禁不住心浪起伏，思潮汹涌。那条热线新闻，让我心里温暖，明亮，牵扯心肠，跟着感动了一下，为着那位好心的司机，为着那位有心的黎先生。

今年"十·一"黄金周后上班的第一天，听说了这样一个事：一位上海一家挺有名气的公司老总，国庆期间专程到安徽他曾插队过的生产队，去看望当年的一位生产队长。

那位老总原是上海知青，1977年参加高考离开后再也没有回来过，但曾经给过他许多关爱的生产队长却让他感念不已，去看望他一直是他多年的一个心愿。

村口的路笔直平坦。村街墙上白漆刷的"建设社会主义新农村"标语，是村干部用最显而易见传统普及的方法，将上面的精神传达给村民。几十年过去，眼前的景物似是而非，想起当年在这里战天斗地炼红心，父老乡亲一家亲的情景。每次探家回来，都会想起贺敬之《回延安》的诗："白生生的窗纸红窗花，娃娃们争抢来把手拉"。而如今，不要说把手来拉，连个打招呼的人都没有，村里的青壮都外出打工了，当年的老人剩下不多了，小的更认不得他了。

他的车子停在村里的小河边。有几个稀稀拉拉过往的村民看着他和几个随从进村。从他们的目光里他看到他们的疑惑，这疑惑是他不像是"上面"下来的干部。

老宅地上翻盖过的房屋挂着锁，主人不在家。院墙外聚了好奇的村里小孩儿。一会儿，主人回来了。队长老了，一嘴的牙掉光了，笑起来更合不拢嘴了，但记忆力很好，还像当年那样称呼他：知青。（现在的小孩不知道什么叫"知青"，"知青"就是当年对"知识青年"的简称。）他们说起从前，知青说，有次生病，队长送来一碗煮鸡蛋给他吃，他感动不已，握住队长的手激动地说："个个鸡蛋情意深，队长，我会永远扎根在农村。"队长当然记得。知青又说，队长当时并没在意他的誓言，而是要他多吃，多吃，明天不用上工了。他们一起哈哈大笑。接着知青又关心地询问老人的身体健康状况，农村现有医疗保障情况等。夕阳西下临近告辞的时候，他趁老人不备，将装有厚厚一叠钱的信封放在老人的枕头底下，这一细微的动作被老人的目光捕获，老人急忙拿过来，坚决不要，而知青又坚决要给，并迅疾地离开，再作远远地告别。

近日碰到叶女士，她的经历颇为传奇。多年前的一次下岗分流曾让她茫然失措。县城太小，许多企业不景气，想到一个理想的单位工作谈何容易。但她没有对生活失去信心，而是一边找工作，一边继续参加全国成人高等教育自学考试。仅一年的时间，她就将剩下的三门功课拿下，获得了法律本科毕业证书。

也许是命定的机缘，她听说一个局机关需要配备一名文员（那时没有公务员考试），有人推荐了她，她去找过局长，局长说知道她，等局党组开会研究再说。

过了一段时间，她又去找局长，局长正在开会，人事科长对她说，局长爱才若渴呢，正要找她，要她打份报告上来。

第二天，她把报告送了上去，局长问她还有什么可提供的，比如文凭等相关材料，她说她有，她还有很多发表过的作品。三天后，局里通知她去办借调手续。

几年后，叶女士不仅通过了严格的司法考试，又因工作需要调到省城工作了。

有一年春节，她特意从省城回来登门拜望当年的局长。局长已是退休在家头发花白的老太太了，叶女士说："我当初与你一杯水的交情也没有啊。"老太太笑笑，没有施恩图报之态，但在她漾漾的笑意中，分明颇有一番自得，自得她当初的眼光？自得她今天依然是被看重了的助人过了河的桥？

当今世界物欲横流，来自陌生而又无私的人的帮助和提携已成为当今神话。而我们需要这样的神话，因为，人生有些障碍不是自己能过去的，有人帮一下，就过去了。

想象不是空穴来风，不能脱离实际情况而为之。

——怀特海·A·N·

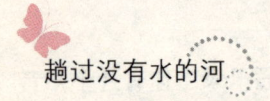
父子战争的硝烟弥散后

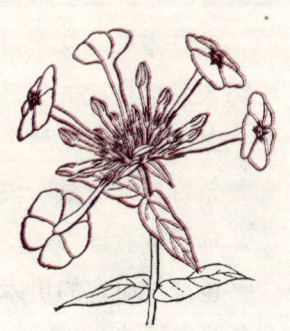

父子之间的战争，不是永恒的战争。多年的父子成兄弟。

　　我曾经在不同的时间里读到过这样的文章，其中印象最深的是《我和父亲的战争》，还有一篇《你终于慢慢地老去》。二位作者都是已成年的男性，都有着极其相似的年少时常被父亲痛打的经历。

　　他们在各自的文章中都用了很大篇幅描写父亲曾经对他们极端尖锐的暴力倾向，虽不能说是字字血泪胜斧钺，但足以惊心动魄得叫人心里不能平静。

　　但作者的可贵之处在于，他们虽有不同程度的率真表达，但并不轻易贬损父亲。他们的笔法平实冷静，先前的愤懑、压抑和痛恨，那些时间积累下来的东西，在今天的文章里却夹杂着让人不知所措的温情。

　　"那时父亲打我，我像一只小鸡被他那双练过举重的充满肌肉疙瘩的胳膊架起来打，常常被打得哭天喊地……父亲本着'不打不成才''不打不显父威'的战略指导思想，问心无愧地痛打他唯一的亲生儿子。"

　　有一次，忘记写日记，"夜里，父亲一手拧起呼呼大睡的儿子的耳朵，一手噼噼啪啪地一顿暴打，从梦中惊醒的儿子两眼透出惊恐、哀怜，声声哀号像寒夜里受重创的脆弱无助的小动物，撕心裂肺……"

"父亲那时简直像个性格暴戾的魔鬼，责打随时随地理由极其牵强，而多数责打毫无道理。"

这篇《我和父亲的战争》先是在《四川文学》刊发，后经几十家报刊转载，最后作者父子俩还被请进央视的《实话实说》。面对主持人的咄咄逼问，父子当面对质，字字句句，实话实说。最后，"严父"反思家暴，儿子不计前嫌，硝烟散尽后，只剩下一片心平气和的父子情深。

如果说《我和父亲的战争》动人心魄，那么《你终于慢慢地老去》同样撼动人心。

"我没有快乐的少年时光。我年少时是在紧张不安，提心吊胆中长大的。父亲为一点小事就对我出语狂暴大叫大吼，施展一个父亲的威风和尊严。"

"我痛恨他随时而至没头没脑的拳脚，愤恨他用身边随手可取的东西作工具，敲我的脑壳。扇我的嘴巴是因为我回了他一句，'消灭法西斯，自由属于人民！'电影里学来的话。"

"终于有一天他慢慢地老去了，老到我冲他发脾气，他的脸上有了惶恐和不安，老到他完全将我当成自己的臂膀，那么坚实不惧地靠过来。"

"从前他那些打儿子像打贼一样的威风呢？那些他将儿子追打得鸡飞狗跳的往昔呢？那些在他断了臂膀依然在我面前继续逞家长威风的时光呢？什么时候他真的老了，再也离不开我，我同样也离不开他"。

他们都是在惊恐、哭泣、毫无自尊可言"棍棒出孝子"的吼声中长大的，所幸的是他们没有像有些孩子"叛逆"，以"恶"的方式反抗或自暴自弃，沉沦到底。

当时他们年纪很小，一定是以为自己犯错了，一定是以为自己做得不够好、不够进步、不够自觉。为避打，他们都学会了不仅"一日三省吾身"，夜里起来撒尿也要反思一下，今天我有没有做错什么？该不该打？明天我要怎么做？如何能做到少挨打或不挨打？于是，他们常常反思自己，纠正自己，我敢说这不是甘于暴力的结果，是他们心里留存的感念，那就是每次遭逢挨打的时候，总有好心的邻居过来劝阻，来袒护，并有力举证孩子日常行为的有品有行。邻居们的话温暖，明亮，更如同消防车里

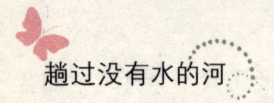

的水，一下喷洒在父亲迸发的"火山"口上，于是，不再有滚烫的岩浆烧灼他们小小的身体，小小的心灵。

但，那些刻骨铭心的灰色记忆，在他们的一生中都无法抹去，也一定给他们的人生造成影响：如性情乖张、敏感多疑、高度自卫等。并且难以整合。无法整合。

但他们仍以积极乐观的态度对待生活，对待人生，尊重他人，尊重生命。

这两篇文章作者的名字我都很陌生，也许他们在此之前都不曾写过文章发表，但他们都以自己的方式真切地描述成长过程中受到的心灵伤害，不仅展示了出奇的语言魅力，更是捍卫了人类精神健康和内心高贵的力量。但是，不论他们长到多大，活到多老，甚至在生命终结的那一天，内心深处的某个角落，他们还是渴求温暖和爱护的孩子。

如果你不怀疑自己，你的立足点确实不稳固了。

——易卜生

行卧在家

处心积虑，乃为行卧在家，幸福自在。

——山缪·琼森

在一个高档住宅小区，宽大明亮的落地窗里，一个女人，坐在豪华客厅的沙发上，两腿搭在面前的茶几上，啃着大苹果，摁着遥控器，大白天在看电视。这个貌似有钱又清闲的女人，其实是这家的小保姆。

而主人的一家是一对中年夫妇，此时他们正在外忙碌，也许水都没工夫喝一口。这对夫妇早过了为生计奔波关，现在的奔波，是想使家锦上添花，好上加好。他们习惯了早出晚归，习惯了经常不吃早饭也不饿的习惯，更习惯忙得连家都常常忘记了的习惯。

家，在他们的意识里，不是一日三餐的地方，不是安心睡眠的地方，是蜻蜓点水的地方。因为他们的生活目标是想要更富丽的家，更豪华的车，更好的房，就是想吃得更饱、更好。而眼前这个缺少主人眷顾照拂的家，阳台上的花开的都不鲜润，肥胖的猫咪都伸不直懒腰。

美国《时代》周刊每到年终都会附送一本礼品目录，其中不乏豪华奢侈到极点的物品：比如一条钻石项链，是最高等级，估价高达 2000 万美元。但是，礼品目录的最后一页，却是这样的一首小诗：

别同我说豪华，

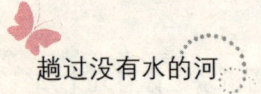
你应知道，真正的奢侈，

是时间。

时间和一杯茶，

一枚梨子，

或一只苹果，

也许一小块蛋糕，

已经足够。

想想看，一个人回到家里，关上门，突然世界安静了。一小块蛋糕，或一只苹果，或一枚梨子，或一杯茶，大白天也可以洗个热水澡。不扰别人，别人亦不扰你，享有大把的时间。在这个喧嚣、浮躁、势利的年代，当家的意识出现在全球化人的意识中，还有什么比你行卧在家，享受幸福自在的美好状态更值得珍惜。

青春是生命中最美好的一段时间。

——黑格尔

小奇

小奇，是我曾经的同事，那时没有"最美"一说，用现在的话可以这么说，她曾经是我"最美的同事"。

我曾经在公路收费站工作，收取来往车辆过路费。

当时和我上一个班的，是刚走出校门的小奇。她那时的心绪似乎还没有脱离掉校园里的气氛，她的言语谈吐还常常情不自禁地挟裹着当时红遍大江南北的汪国真的诗。

我那时已是一个三岁孩子的母亲，除了忙工作还要忙孩子。她的诗情显然得不到我的积极响应。

我们每天过目数以千计的车辆，我们的话题除了车辆就是票据，没有话题的时候，就是各自盘点钱票。工作是轻松愉快的。但也有不轻松的时候，就是有时上夜班打瞌睡放跑了车辆挨站长的训斥。有时还很紧张，特别是在深夜接到公安局打来的电话，说有杀人劫车的犯罪嫌疑人可能要经过此收费站，要我们记清楚车号与车辆的颜色，有情况报警，他们马上来人。

那一刻，我身冷如蟒，心惊胆怯，眼前一派鲜血迸溅。而她却沉着冷静，每过来一辆车，她都满脸警觉，目光锐利，疾恶如仇地恨不得亲手抓住罪犯。然而，罪犯没有拦截到过，但意外事件遇到不少。

最触目惊心的是一天中午，临近下班的时候，一辆正常行驶的集装箱

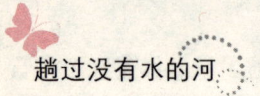

式的大货车在靠近收费站的时候，突然像一匹脱缰的野马，接连撞断两根栏杆后呼啸而来，刹那间，仿佛一只张开血盆大口的猛虎，要把我们和收费站一起吞噬掉。我被这突发情景惊呆了，还没等我反应过来，我已被人伸手拉出收费站远远地躲闪到一边，是小奇。所幸的是，在那千钧一发之际，大货车又偏离方向，与收费站擦肩而过，撞到路边一棵大树上去了。

有惊无险。一连几天，我都惊魂未定。

我和小奇在一起工作的时间不是很长，半年以后，小奇回公路局路政股上行政班去了，接着我也调走了。

我们不常见面，也很少通电话，但我心里常惦记着她。只是，当年在一起的时候，我怎么不问问她：自己躲都怕来不及，怎么还先想到我？

有些女子的见识就寓于容貌之中，她们的所有智慧在眸子里闪动。

——爱·扬格

花儿的一种表达方式

这世上，美丽的
花太多太多，美好的
人也太多太多。朵朵
花儿向阳开。

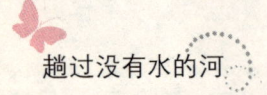

文学前辈不能忘记

我非常庆幸，庆幸在我最初写作的年纪，遇上很多像郭老这样正直善良的文学前辈，这奠定了我对文学始终如一的敬畏。

2011 年 8 月 13 日，周六的下午，大雨滂沱，电闪雷鸣，忽然接到电话，郭老辞世。

一个原本那么活生生，身材高大魁梧，爱讲爱说的老人，到底没能挨过病痛的折磨，走了。尽管他已是 80 岁的老人，也算是高寿，但还是留下让人痛惜的哀叹，让人任泪水在面颊无声地流淌。

郭瑞年，江苏泰州人，二十世纪七八十年代任当时的滁县地区（现滁州市）文联主席。他爱才如命，求贤若渴，发现并扶持一大批在皖东成长起来的作家，诗人，编辑。如当年上海下放的知青桂兴华、竹林、周佩红等。周边的有陈源斌、钱玉亮、丁加胜、苏北等。他不图回报，没有领导做派，平易近人，一生积攒无数文朋诗友、亲如弟子的学生，以至退休后的 20 多年里，家里谈笑不断有鸿儒，家门前常常是混出名堂的弟子们的车马稠。

当然，没混出名堂的弟子们一样常往他家跑，在滁周围各市县的专业或业余作者们，也照样常往他家跑。一杯热茶，一顿便饭，把郭老当成兄长、父辈。有家在农村的，顺便带些鸡蛋来，郭老还迂腐地硬塞钱权当买下。君子之交淡如水，郭老一再叮嘱，不要带东西来，熟不拘礼，空手最好。

第一次见到郭老是在 20 世纪 80 年代初，滁州召开首届文学创作读书会，印象中的郭老随和，诚挚，让人敬而不远之。那次会上，滁州辖区各个县作者三十多人，有当时还在天长邮局上班的陈源斌，有"小荷刚露尖尖角"的钱玉亮，还有已有成果的丁加胜等。20 世纪 80 年代文友们结下的很纯粹的文学友情，到今天都弥足珍贵。后来得知，为提供那样一个交流的平台，郭老功不可没。

郭老最后一次在公开场合出现，是在 2010 年 4 月，滁州市文联为郭老举办"郭瑞年文艺创作 60 周年"座谈会。那时郭老已病入膏肓，当年高大魁梧的身影早已不复存在。当时会上有从外地赶来的桂兴华、苏北、许春樵等人和滁州本土作家，诗人更是济济一堂，座谈会气氛隆重而又热烈，郭老情绪受到感染，很是激动，作了简短的发言，思路是相当清晰，但终因身体不允，勉力撑持近一个小时，被当时任文联主席的杨成志安排搀扶护送回去休息。

座谈会继续进行。桂兴华特意带来几份刚在《新民晚报》上发的散文《老郭的幸福》，老郭指的就是郭瑞年。文章当时我没有来得及看，具体内容我到现在也不清楚。但桂兴华在会上回忆郭老当年对他的扶持，我记得清楚。桂兴华说：当年从上海下放到滁州农村，郭老听到有个上海知青爱好写诗，有年夏天，骄阳似火，他顶着烈日，戴顶草帽，拎着黑色人造革包，坐公共汽车，一路颠簸到知青点的茅草屋看望桂兴华。桂兴华后来在一篇文章中写道："当我用诗句反射 20 多岁时低垂的星空，你是绝对绕不过去的一个点。你是我在农村整整十年中最难忘的一位老师。我书架上许多已经发黄的照片，日记，信封都与你有关。寒冷的历程中你是一阵体贴过我的暖风。"

除了桂兴华，在座的很多人都谈到因为文学与郭老结下深厚的文缘和情谊。钱玉亮当时是天长印刷厂的小青工，郭老慧眼识人，小钱也不负郭老所望，不仅在很多杂志上发表小说，还得过庄重文文学奖，到南大作家班进修深造。还有苏北，他在座谈会上谈到：自己刚开始写作时跌跌撞撞，一个冬天的晚上，有人敲门，是钱玉亮领着郭老来了。早就知道郭老重才惜才，经常看望文学青年，但没想到会来看自己，更何况郭老是地区文联主席，在那时的苏北看来就是大官，这个"大官"却又是自己坐汽车站的客车来的。苏北知道，那时滁州距天长，客车停停走走一趟最少是5个小时。郭老的到来，对于正处于苦闷中的文学青年作用是多么巨大，它无疑是一盏灯，照亮迷茫者前方的路，苏北的那篇在座谈会上的发言稿经整理后在中国作家网登出。

其实啊，不管是城里的青年才俊，还是本土的农民诗人，郭老都差不多一一走访。有成就没有成就的，出名和不出名的都有。尽管后来有人不记得他了，郭老总是宽厚一笑，因为他从不图回报，反而设身处地为别人着想。郭老曾谈到自己的情况：上高中时，进步作家陈本省先生对他走上文学道路给予过很大的帮助，可新中国成立后，他却未能去看望他一次，直至先生离世。郭老自己也感叹，一个人能够做到知应知答知报是多么不易，因为人总是要固执地往前走。郭老已用他对文学的爱，对文学后辈的爱，化解自己对前辈的负疚。

我其实与郭老接触不多，是我自闭的性格使然，还因为我也没有什么成绩，当时是个黄毛丫头，怯于近前，郭老主动招呼我，我也常闪到别人身后。

虽然与郭老接触不多，但是受他的影响却是巨大的。20世纪80年代，我刚刚写作，文学对我来说，崇高而美妙；也常常让我很迷茫，写出来的东西要么是竹筒倒豆子，要么巷子里扛木头——直来直去。也写了些迎合潮流的东西。当我捧着这些文稿请郭老赐教时，他指出我的明显不足。一眼看出我读书太少，他提议我先不要急着写，先多读书，好像他第一个提到的是孙犁的作品。然后，他语重心长地对我说："小陈啊，做人要正直，写文章就要曲折哦。"他的话给予一个初写者多么大的启发啊。不敢想象，如果当初遇到的是一个华而不实的庸师，再不幸的是，这位庸师还言语狂妄，行为猥琐，以我的性格，肯定会拂袖而去，我还会坚持这一份爱好吗？

因此，我非常庆幸，庆幸在我最初写作的年纪，能遇上像郭老这样正直善良的文学前辈，这奠定了我对文学始终如一的敬畏。

我在 2009 年出版了第一本散文集《灵魂的感觉》，其中一篇有这么一段："1994 年在滁州的一次文学活动期间，大家一同爬山。山路弯弯，盘旋直上，郭老那时已是 60 多岁的人了，但他始终攀行在我们前面，还不时地回过头来，伸出宽厚的大手，一如他在文学道路上扶持一茬又一茬文学青年一样。"

我期待有更多像郭老这样好的文学前辈，尽管这样的前辈，在当今社会已非常珍稀，但我仍满怀期待。

>>>

一句短短的谚语往往蕴含着丰富的智慧。

——索福克勒斯

走进小岗村

小岗村，让人们记住了 18 位农民举世瞩目的红手印，更让我们记住了沈浩。

迹以名重，地以人传。当年安徽凤阳县小岗村是中国农村改革的发源地，18 位农民摁的红手印成了举世瞩目的壮举。2009 年 11 月 6 日，小岗村党支部书记沈浩，因积劳成疾，猝逝在工作岗位上，年仅 45 岁。沈浩的逝世让人们的目光又一次投向小岗村，小岗村再度成为世人瞩目的焦点。

沈浩究竟是一个什么样的人呢？他的突然逝世，不仅使小岗村人失去亲人般地悲痛，也牵动了党和国家领导人的心。

是啊，沈浩究竟是一个什么样的人呢？

2009 年 12 月 4 日，阵容庞大的宣传媒体进驻小岗村，我作为"安徽作家采访团"成员之一同时前往小岗村，参加"中央新闻单位采访沈浩同志先进事迹启动会"及随后六天的实地采访活动。

当日上午，在小岗村"大包干"纪念馆的报告大厅，来自中宣部的领导，央视《新闻联播》、《焦点访谈》、《新闻调查》等栏目组的采编人员，《人民日报》、《光明日报》、《法制日报》、《经济日报》、《北京日报》、《南方周末》、《解放日报》、《文汇报》、《中国青年报》、中央人民广播电台、安徽人民广播电台、人民网、新华网、央视网、光明网、中国广播网等新闻媒体的采编人员和北京紫禁城影业公司的编导集聚于此，这是安徽有史以来层级最高、介入的顶级媒体最多、宣传力度最大的一次行动。

走进小岗村，每个人的心情都是那么沉痛和悲伤，大家都是为他而来，可是大家却看不到他了。他让我们看到的是快速发展变化后的小岗村，是一个现代化的农业示范村、城乡统筹先行村、制度创新实验村、文明和谐新农村。站在小岗村宽阔的广场，徜徉在"大包干"纪念馆的展览大厅，我想起了诗人孙友田多年前写的一首叫作《海景》的诗："大海蔚蓝，像一面闪光的缎；不要夸海，夸天。大海黯淡，像一张哭伤的脸；不要怨海，怨天。"

当年我没有领会诗中的含义，多年后的今天，在小岗村我忽然明悟了。诗人把"搞得好不好，关键在领导"借描述海景抒发出来，此时的小岗村，不正像一片蔚蓝色的大海吗？而沈浩的笑容，不正是晴朗的天空吗？那么，沈浩是如何来到小岗村，又是如何被村民们自发摁手印留下来的呢？有什么比摁下红手印更能表达中国农民最原始朴素的感情呢？

时间追溯到 2004 年 2 月，在安徽省财政厅工作的沈浩，作为选派干部挂职来到小岗村任党支部书记，肩负起"中国改革第一村"领导人的重任。小岗村虽然是全国"大包干"发源地，但由于自然条件限制，人们还没有摆脱传统观念束缚，"一朝跃过温饱线，二十年跨不进富裕门"是当时小岗村真实的写照。

享有中国改革"第一村"的招牌，却没有达到理想的小康生活水平，小岗村真是个奇怪村。沈浩刚到村上，村民们非常排斥，村民们主张"岗人治岗"。为了把思想统一到发展上，他一次次地召开村"两委"干部会、村民大会，领着大家一起分析和查摆落后的原因。他自己更是全身心地投入工作，从内心深处迸发出为农民实实在在地多做事、做好事的决心。在沈浩挂职的 6 年里，小岗村的路宽了，树绿了，灯亮了，水通了，农民得到了实惠。

时光匆匆，转眼到了 2009 年，沈浩的第二个任期即将结束。此时的沈浩想家了，想回到他温暖的家，回到他 90 多岁老母亲的身边，回到妻子和女儿的身边。但村民于 9 月 24 日又一次集体摁手印深情挽留他。可是这一回的挽留，小岗人挽留住了他们的好书记，却没能挽留住好书记的生命，小岗村人的心很痛！

在小岗村采访的几天里，我充耳盈目皆是沈浩为小岗村做出重大贡献的一个个真实生动的事例，数都数不过来。

12 月 8 日晚上的采访集中汇报会由中宣部新闻局刘汉俊副局长主持，他也是这次活动的总指挥。他要求每一位记者、作家作简短发言，从央视记者，到本地作家都被一一点名，轮到我发言的时候，我说了以下几点，我说："我虽然是本地人，但也和大家一样，第一次来到小岗村，和大家有着同样的感受。但说几点我特别的感觉，第一，我一进村，听到村民们说：'我们小岗村的大树倒了。'简单一句话，就能掂出沈浩在小岗村民心目中的位置，心中的分量。第二，说一个事例，我们晚上住在离小岗村十多里的小溪河镇，几个男作家晚上去镇上买香烟，店老板说你们是采访沈书记事迹的吧。沈书记是个好人，你们在小岗村如用车，可用我的私家车，不收费。第三，在专题片上，大家看到的是他 90 多岁的老母亲对他深情嘱咐：'乖乖，你要多为村民们做好事啊。'我认为这是世界上最慈爱母亲的声音。第四，沈浩在村民家一日三餐代伙，一代就是 6 年，农村条件差，不知他是如何适应的。"我说的几个事例，是我最简单直接的感受，不仅引起大家的共鸣，也给了大家新的启发，记得当天晚上的会一直开到深夜 12 点。

其实啊，小岗村人都知道沈浩生活是俭朴的，他在小岗村 6 年，一天三顿饭固定在一户农家代伙。农家大嫂勤快善良，尽心尽意，但毕竟农村条件差，饭菜或咸或淡，或干或稀，难免不适应。我是女人，是家庭主妇，我是从一个女性的角度去感受他，感受生活中的沈浩。我知道男人几乎有一个共同的弱点，就是不能与他的胃妥协。就拿我自己的丈夫来说吧，算是一个随和的人，但有一顿饭吃得不舒服，都会一天不高兴。而农家大嫂说："我们家做什么，沈书记就吃什么，从不挑剔，来人最多加两个菜，非常简单。"

由此想到，一些在其位不谋其政脑满肠肥的人，与沈浩是多么鲜明的对照！至今不能忘记一位大娘捶胸顿足痛悔自己没有照顾好沈浩这个好孩子。她哭着说，小岗村人没有杀过一只老母鸡给沈书记补补身体，小岗村人亏待他了。

沈浩走了。他对得起小岗村民，却对不起他自己。

六年里，他没有顾及自己身体的实际承受力，他以疲劳对抗疲劳。紧张忙碌的时候，常常是自己告诉自己：等忙完了这件事，再去检查身体。可是，忙完了这件事，又来了那件事；或者说是不等忙完一件事，几件事就又已经排着队等着他了。村民们的心声他听得懂，他身体的警告，他却不知道，或装作不知道。终于有一天，使我们失去了他，他也失去了他自己。

在小岗村采访期间，我与《中国文化报》副刊编辑红孩先生有过通话，他虽然在北京，但还不知道沈浩这个名字。通话里我说到很多记者都汇聚在小岗村的事，我说全国马上要开始宣传沈浩，启动会就在小岗村开的。红孩先生凭着职业的敏感马上要我以散文的形式写出有关稿子，并一再叮嘱我，要有现场感，在场感。于是，采访结束刚回到家，我立即写出一篇散文《记住一个叫沈浩的人》连夜以电子邮件的形式发出。2010年1月17日在《中国文化报》副刊头题发出，那时学习沈浩的活动在全国刚刚拉开序幕，《新闻联播》开始对沈浩先进事迹作专题报道。文章发出后，红孩先生反馈信息说，很多记者很惊奇，说新闻稿还没上，文学作品却抢先，问这个作者是哪里的，他回答说是原产地安徽本土的。后来这篇文章被收入《缅怀沈浩一书》。

谚语是街头巷尾的智慧。

——贝纳姆

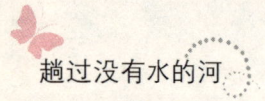
在家门口碰到赵小兰

赵小兰是一个让男人示弱的女人，却是女人的一面镜子。

2010 年 6 月，由三联书店出版发行，美国前总统老布什作序的《谁造就了赵小兰》一书，在北京隆重举行首发式，将人们的目光齐聚到美国内阁第一位华裔女性，现在功成身退的美国前劳工部长赵小兰身上。

谁造就了赵小兰？老布什曾鼓励妻子芭芭拉向赵小兰的母亲朱木兰学习培养教育孩子的方式。我们不难理解，赵小兰的成功，与她从小接受中国优秀传统文化的家庭教育分不开，但我没有想到的是赵小兰与安徽还有一点情缘。

安徽省来安县是赵小兰母亲朱木兰的故乡。

一条长长的老街——青龙街，"青龙街"上昔日的"朱家大院"，是朱木兰从小生长的地方，也是她时常对赵小兰等女儿念叨的地方，甚至在病重垂危、生命弥留之际还不忘提到。

2009 年 7 月 8 日，赵小兰在父亲赵锡成的陪同下，第一次来到来安，看看母亲的家乡，看望青龙街上舅舅、表兄等很多血脉相连的亲人。

那天上午，正是炎炎夏日，赵小兰一身合体衣着，漾漾笑容，自然大方。父亲赵锡成精神矍铄，热情洋溢。朱家的老宅早已翻新，舅舅已经去世，表兄们接待了她。表兄们高兴得不知所措，表侄、表侄女们望着气质非凡的表姑，既亲近又陌生，细心的赵小兰亲切地拉着他们的手，问长问短。一家人说到高兴处，表兄们拿出家里珍藏的朱木兰照片，看到照片里的母亲，赵小兰顿时眼睛湿润满怀深情地说："母亲对我的成长影响很大。母亲那种罕见的长远目光，中国传统文化的教育，奠定了我人生的基础。"父亲赵锡成摘下眼镜，仔细端详爱妻的照片，一时情绪有些失控，他躬身致意，感谢家乡故土养育了朱木兰，感谢朱氏家族给了他治家有方、助夫兴业、育女成才的贤妻，说她是整个家庭的基石。"

此时，很多街坊邻居都前来看望，啧啧称赞赵家夫妇教女有方。赵小兰和父亲忙热情招呼，奉茶让坐，感激乡邻厚爱。

赵小兰见邻居中有一位上了年纪干净利索的阿婆，忙上前攀谈，期待从阿婆这里知道更多母亲从小在这里生活的情况。果不其然，阿婆说，她和朱木兰从小都是在青龙街长大的，两人还合掰过一块马家铺子的烧饼。赵小兰听了，马上惊喜地说母亲提起过的，不仅说马家铺子的烧饼好吃，还说纪家的葱花小馄饨，刘家的鸭血粉丝汤，都是母亲常提起的。阿婆是一个风趣健谈的老人，她说现在的南京鸭血粉丝汤、上海老城隍庙的蟹黄汤包，其实都是从青龙街传出去的（青龙街与南京只一江之隔）。阿婆说可惜在本地都失传了，唯一剩下的马家第三代传人的烧饼，做个早市就关门了。赵小兰咂咂嘴说没口福了，众人皆笑。

赵小兰的故乡之行，没有繁文缛节的官方左右，只任凭亲情的牵手。这一天的青龙街因为她的到来，显得异乎寻常的热闹，故乡的人争相目睹这位华人在美参政史上的第一位内阁部长，更是欣赏她那光彩照人、平和谦逊的高贵气质。

恰巧，我所在单位办公楼的大门正对着青龙街，有趣的是，知道小县城来了个非凡人物，且又是女性，女人们都沸腾了，男人们似乎蔫巴了，个个埋头公案人人沉默如金。倒是平日公鸡般昂扬的上司，眼皮耷拉着不耻下问："这个功成身退的赵部长，是个什么概念上的官？"部下曰："打个比方，就像一个金发碧眼的洋人，被提拔为咱们国家现在人力资源和社会保障部的部长一样。""不可思议。"上司讪讪而笑，眼皮更耷拉了。

　　赵小兰是一个让男人示弱的女人，却是女人的一面镜子。她的名望非一般女人能企及，不可否认，政府女高官与庸常女人的距离远不止三百六十五里路，因为轨迹不同。但同为女人，方向的一致恰如时钟与秒针。赵小兰给我们的震撼已远远不止是她创造了华人在美的奇迹，如果你留意，一定能感知到她给过我们女人细润无声的启迪。

　　有一次，看凤凰卫视，女主持面对面访谈赵小兰，其中有关于婚姻家庭的问题。从赵小兰甜蜜的笑容里不难看出，她有一个带给自己幸福的小家庭。女主持问她，家庭事务谁做得最多，赵小兰笑着说当然是丈夫，丈夫以为我不会做，其实我全会做，但我不告诉他。

　　多么傻啊，我怎么不懂这个，家庭俗务凡事一揽到底，结果宠坏了孩子，养懒了丈夫，丢失了自己。亡羊补牢，为时不晚。星期天罢工，躺在床上装病。因为吃了辣东西，脸被搞得通红，加上我"有气无力"的低腔细调，夫愕然，见平日悍妇成娇妻，怜惜之情溢于言表，围裙都来不及系，就奔厨房忙活了。我窃笑。中国男人怜惜弱妻是好强女人体会不到的啊。

　　适度的装蒜，是酿造心灵充沛的激情，提升在日常凡俗生活中的整合能力，日子的光彩便由此而生了。

　　赵小兰的故乡之行，留给故乡人的风采会随着时间慢慢消逝，而她内在的修养，外在的优雅，在政坛上举重若轻的风范，让人内心不可抗拒。原来女人除了年轻和表面上斑斓的靓丽让人赏心悦目之外，还有更深层次的美，深入人心，妙不可言。

谚语是一人的妙语，众人的智慧。

——约·拉塞尔

夫妻本是同林鸟

夫妻本是同林鸟，大难来临也不飞。

从 1991 年开始，当妻子被无情的病魔宣判，她的生活从此不能自理，一个家庭艰难的过程便开始了。

2012 年 11 月的一天，在安徽省来安县公安局会议室，我随同报社的记者采访三位民警，其中一位是经侦大队副大队长杨纪纲。

在长条形会议桌上进行了面对面的采访，这位 47 岁正当盛年的二级警督，领导及同事对他的赞誉是：工作雷厉风行，办案以一当十，不拖泥带水，扎实，干练，公正，严谨，效率高。但如果不是领导及同事紧接着又对他进行了补充介绍，我只当他是一位有着铮铮铁骨的优秀警察罢了。但听了补充介绍，我不想对他出色的工作成绩作充分报道，相反，我想以他的家庭为核心，从我的角度走近他。

眼前的杨队长，没有我想象中的沧桑感，更没有因家庭的拖累而摆出一种无奈的苦相。沉稳，谦和的微笑始终挂在他的脸上。

妻子生病 20 多年来，他对妻子的"不离弃，不放弃"，在公安系统早已有口皆碑，成为佳话。虽然当时他没有在记者面前多说自己的家事，但他家庭中的困难，他担负大山一样的家庭责任，让他无需多说什么，没有秘密可言，全摆这儿了，一览无余。

他妻子患的是弥漫型病毒性脑炎，导致脑脱髓鞘病变，该病属世界性疑难杂症，至今无药可医。当时杨队长的女儿只有几岁，看着女儿像小树苗一样慢慢地成长，而妻子的生命却慢慢地枯萎，杨队长心如刀绞。但为了让女儿不失去妈妈，他向女儿承诺，一定让妻子好好地活着，让女儿有一个完整的家，这个家，他们仨一个都不能少。

从那以后，在工作中，杨队长履行一名警察的职责，下班后承担起全部的家庭责任，尽心照顾好病妻，做饭，洗衣，料理家务。乖巧懂事的女儿也成了爸爸的小帮手，学会给妈妈递茶倒水，端饭喂药。这个家就这样默默地承受艰难，一天一天，一年一年，转眼20多年就这样过来了。如今，女儿已大学毕业参加工作，妻子能活到今天，医生都惊讶慨叹是个奇迹，但病魔毕竟是残酷的，如今妻子的病不容乐观，肌肉萎缩越来越严重，人早已瘦如纸片，以前扶着墙还能挪着走，现在寸步难移，每天只能躺在床上。就这样，杨队长还是全心全意尽心尽力照料她。每天早上临上班前，天气好，给妻子打开窗，呼吸外面新鲜的空气；天气不好，只拉开窗帘，让妻子看外面的天空，云朵，飞翔的鸟儿，晃动的树梢。因此，妻子虽历经病痛的折磨，但多年来感受着丈夫的温暖和体贴，增添了她抗击病魔，坚强活下去的勇气和信心。

而面对妻子，他很清楚妻子的病早已无药可医，他却要用生之力搏击，认定山高不过脚面的希望，担当着丈夫的责任。

时间是一个可怕的存在，它是疼痛，是愁绪，是痛苦，是挣扎，是忍受。作为人夫，他必须面对人生的遭遇和心灵的苦痛，而不是怨天尤人。

20多年过去了，多少个实实在在的日出日落，心情跌宕起伏，但他更加怜悯着妻子，可怜的妻子天天忍受生不如死的病痛折磨，该是如何的孤独、恐惧和绝望。而自己所能做的一切，不抵妻子遭的罪的万分之一，备受煎熬的是妻子，而不是他。如果能换过来，他愿意替代妻子。可是啊，这个世界有着太多的不幸和无奈，生命与生命无法替代。

但我想，他妻子患病虽然是不幸的，但是这病是块试金石，试出了丈夫金子般的责任和担当，金子般的忠诚和爱。

记得那天采访结束回去的路上，我问记者 W 先生对杨队长的印象，W

先生说，杨队长的内心很强大。之后，他一路无语。我想，这是一个男人对另一个男人的钦佩和认可。

当今社会，人们的价值观多倾向于某些领域出类拔萃的所谓"成功男人"，不错，创造出财富，科研出成果。但杨队长虽然不是世俗观念中的成功人士，他20多年心血凝结的家庭责任给和谐社会带来的正面影响却是不可估量的。他彻底颠覆了"久病床前无孝子"。彻底颠覆了"夫妻本是同林鸟，大难来临各自飞"。这是生命的正能量，是后天大力。

腾空的烟花固然光彩炫目，而恒温低沉的暗火也同样不可小觑。杨队长通过自己的行为告诉我们：要用心善待你不幸罹病的亲人。

谚语可以体现一个民族的创造力，智慧和精神。

——培根

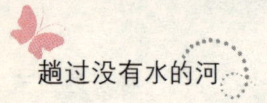

老区之行

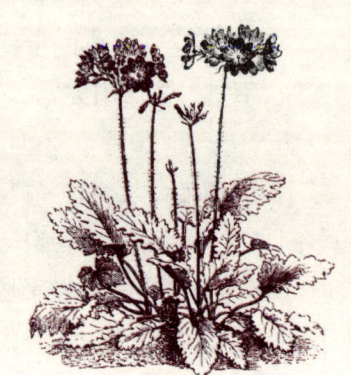

> 国际共产主义运动领袖卢森堡有一句格言：当
> 大街上只剩下最后一个革命者，这个革命者必
> 定是女性。

　　2011 年 4 月底的一天，接到《合肥晚报》记者戴煌先生的电话，说近日要来"皖东烈士陵园"采访。《合肥晚报》为建党 90 周年，辟"发现之旅"专版，已经去安徽省内好几个地方了，最后一站是到来安县的半塔镇。

　　第二天，《合肥晚报》的戴煌先生一行人来了。来安县的半塔镇，这个在地图上几乎找不到的小集镇，却因为 60 多年前一场惨烈的战斗，成为后来红色之旅的重镇；那场战斗，划出了中国战争史上一道剧烈的闪电，创造了我军以少胜多，固守待援的范例。

　　"皖东烈士陵园"是为了纪念在 1940 年 4 月半塔保卫战中牺牲了的100 多位新四军干部、战士而建的。原来是"半塔烈士陵园"，2009 年经国家民政部批准改为"皖东革命烈士陵园"。

　　陵园很安静，但来此瞻仰参观者甚众。无论是高大的纪念碑，还是紧贴地面却又呈立方形的刻有烈士个人生卒年月的墓碑，都已经有人放下了一束束鲜花。一面墙上刻有"你的名字不详，你的事迹不朽"，使人想到莫斯科红场无名烈士墓的碑文："你的名字无人知晓，你的功绩与世长存"。一种庄严肃穆的气息渗透每一个空间，每一个人的表情。

在烈士纪念馆，陈列有历史照片 142 幅；烈士碑刻 2 块；新四军使用过的武器，穿过的草鞋，戴过的斗笠，用过的钱币、证件，多样遗物，都被珍贵地保护，隔着一层玻璃向参观者展现着。这是陌生而遥远的历史，戴煌先生都一点一滴认真记录着。

当讲解员介绍到候静波烈士时，大家屏息静听，这是纪念馆唯一的女烈士，但她不是在半塔保卫战中牺牲的。她原来是一个地主家的独生女儿，千金小姐，因为在学校受到进步思想的教育，积极投身革命，在半塔一带活动，后因叛徒出卖被捕，但她信仰坚定，宁死不屈，牺牲时年仅19 岁。

简介里没有对她详细介绍，也没有她直观的照片，图像。她的性格，她的生活，她有着什么样的经历，我们都无从知晓。虽然我们不知道她长得什么样，但 19 岁的生命，一定是美丽如花。讲解员寥寥讲解后，又补充这样的细节：候静波被捕后，敌人以为抓错了人，反复核实后才敢确认，因为敌人怎么也不会想到把地主家的千金小姐与眼前面相黢黑、神情坚毅的候静波联系在一起。

戴先生是记者，见多识广，对这样的说法还是头一回听到，他盯住了这一细节，以至我们在返回的路上一直在说这个话题，并由这个话题联想到现在的电影、电视剧里的女英雄们，她们个个貌美如花，头发一丝不乱，呼喊着没有情感的台词。导演的初衷是想以艺术的形式再现历史，感化社会，但事与愿违，很多片子粗制滥造，急功近利，没有实现这个目标，有细心的观众还看到一个女英雄八角帽檐下无意间落下一绺酒红色的染发，真的是亵渎了英烈。

戴煌先生说，在那腥风血雨的年代，先烈们连命都顾不上了，哪能像现在影片里的女英雄，两腮桃红，矫揉造作。戴先生说，这样愧对先烈。先烈们一定不是这样的，是今天的人硬要把先烈们搞成这样的。

戴先生又引用国际共产主义运动领袖卢森堡的一句格言："当大街上只剩下最后一个革命者，这个革命者必定是女性。"

戴煌先生后来一路无语。

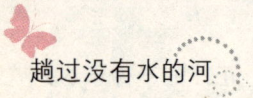
戴煌先生回去一些天后寄来 2011 年 5 月 11 日的《合肥晚报》，第五版"发现之旅"整版登出《寻找半塔保卫战信息碎片》，我仔细通读后，被戴煌先生强烈的爱国主义思想感染，也使我更加感受到，虽然先烈们的事迹随着时光的流逝渐渐地远去，但先烈们以生命所呈现出的经典价值将永不褪色。

先烈们鞭笞我们，警醒我们，期待我们今天的生活更美好，百姓有更多的权利和创造。我想，这可能也是戴先生此次老区之行所汲取的精神营养和理想力量吧。

但是，有一个问题我不明白，我要么抄近路地问戴煌先生，要么叩问卢森堡的在天之灵：为什么大街上只有一个革命者时，那个人必定是女性呢？因为女性是具有母性的人吗？因为女革命者保护革命会以自己的性命抵死相随吗？

生活不能没有理想。应当有健康的理想，发自内心的理想，来自本国人民的理想。

——季米特洛夫

英雄不能被遗忘

安徽省滁州市公安局的一名公安干警，他的名字叫魏晓威，2007 年 4 月因公殉职，年仅 35 岁，我们不能忘了他。

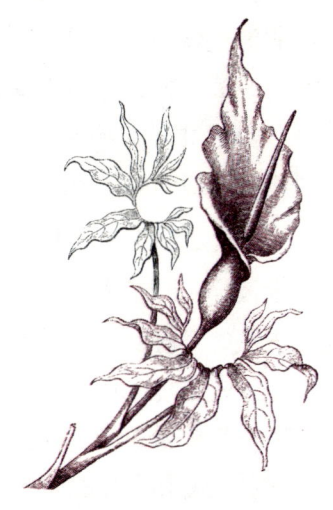

　　近日，我接受一个采访任务回来途经滁州市公安局办公大楼，我忽然想起了一个人。这个人永远不会再到这里上班了，不是已到退休的年纪，他就是今天也离退休还早着，今天，他也只不过 40 来岁，正是男人的黄金年龄。而他已与这座大楼隔绝，与这个世界隔绝。几年过去了，除了他的亲人，还会有多少人记起他？当时的宣传很轰动，任何的宣传都经不起时间的覆盖。他当时六岁的女儿妞妞，还有多少关于爸爸的记忆呢？他过去的领导和同事，有多少人还会把他提起呢？后来的公安新兵，有多少人知道他呢？也许他会说，他不需要，真的不需要。也是的，一个连命都能舍的人，还有什么比生命更需要的吗？

　　如果说，当时是接受任务写他，那么今天，是为什么呢？

　　翻开留存下的现在已泛黄的报纸，还是看到当时很醒目的报道：

　　"他是侦破皖东涉黑第一案关键人物之一。2007 年 4 月初，他在赴河北抓捕滁州"二王"黑恶势力团伙最后一个逃犯的途中，因积劳成疾，病情恶化。于 2007 年 4 月 26 日不幸逝世，年仅 35 岁。

　　2008 年 2 月，他被公安部追授全国公安系统二级英模称号。他是安徽省滁州市公安局的一名公安干警，他的名字叫魏晓威。"

我本来应该说是与之无关联，除了用一声叹息表示惋惜外，转身做自己的事也就是了。但是那一次，不能只是一声叹息，我所在城市的文联及作协的领导们，号召大家拿起笔来，讴歌英模。

2008年4月的一天，也就是魏晓威逝世一周年，滁州市公安局，接待了作家一行。

于是，我见到了魏晓威生前的领导、同事及队友。当他的妻子丁玲女士也被请来时，大家把所有关切的目光投向了她。这是一位瘦弱文静、端庄秀气的年轻女性，礼貌平和的微笑掩饰不了心里的悲伤。一年的时间，这位年轻的妻子还没有从失去丈夫的悲痛中走出来。

在我和她单独面对面交谈的时候，我走进了她的内心世界，感受着她的痛苦和悲伤。丁玲果然是我预料的那样，未语泪先流，她真切地向我倾诉她和丈夫魏晓威共同走过的婚姻、家庭幸福生活的心路历程。因此，让我得以更全面了解到了魏晓威，感佩他的优秀，痛惜他的英年早逝，惋惜一个幸福家庭的破碎。此时，丁玲的倾诉紧紧地揪着我的心。

丈夫魏晓威牺牲整整一年了。一年来，妻子丁玲多少次在撕心裂肺、痛失亲人的泪水中度过；又多少次在痛彻心扉、怀念亲人的泪水中学会坚强。

回顾十年来从相识相知到相亲相爱共同走过的每一段路程，共同生活的点点滴滴，每天都会在妻子丁玲的脑海里涌现。

每当忆念起丈夫俊朗的音容笑貌，一身正气豪迈的身影，她总是会下意识地伸出手想抓住他，不让他走。一个固执的念头在她的心里产生：丈夫魏晓威没有走。他还活着。他的亲人们不能没有他。他不能走，他还年轻，他还有很多未竟的事业，未了的心愿。

可是啊，在这个世界上，有许多事物和人是残酷的，现实的，无法挽留的。

作为妻子，丁玲为丈夫的牺牲感到无比悲痛，但同时，她又感到无比光荣。丈夫把自己的青春、鲜血和生命都献给了公安事业，他走得悲壮，走得荣光。

丁玲说，从他们相识的那一天起，她就被丈夫身上行伍出身，有着军人素质的魅力所吸引。她原来是个柔弱依赖性极强的女子，原本想成为了警察的妻子，从此有了山一样的依靠。哪承想，却比常人有更多的担心和牵挂。她也曾后悔过，埋怨过，后悔不该嫁给警察，埋怨当警察的丈夫顾不上体贴自己。然而，当看到社会安宁祥和的局面是与警察的工作，丈夫的奉献分不开的，就理解了丈夫。

丈夫是个刚毅果敢的人，但更是热爱生活的人。结婚时的新家差不多都是他拿主意布置的，墙上那幅风景画是他亲手挂上的。没有想到，七年后，却是妻子亲手取下来，换成了他的黑白遗像。望着丈夫的遗容，妻子涟涟的泪水不停地流淌，永世的伤心啊！

记得刚结婚成家时，丈夫也刚参加工作不久，那时工作不忙，按时上下班，丈夫还常下厨做饭，丁玲沉浸在平静家庭幸福生活的喜悦中。

2006 年 2 月，全国公安机关开展了声势浩大的打黑除恶专项斗争。4 月，丈夫魏晓威受命对在滁"王氏"兄弟为首的涉嫌黑恶势力团伙进行前期侦查。承担这一任务意味艰苦和危险时刻伴随着他。在困难重重的前期侦查中，他不分白天黑夜，蹲守侦查，吃尽辛苦，为获得一点重要的线索，他都是全身心地投入，同时还完成其他与案子有关的工作。回家的次数越来越少，有时十天半月也见不到他的人影，啥时回家没个准。

2006 年 9 月，侦查工作进入关键阶段，对案件全过程艰苦侦查的丈夫，更是全身心地投入，分秒必争，在身体出现不适的情况下，病痛自知，对家人也不说，自己强忍着。听他的队友说，原有的痔疮一次又一次重发，炎症重时，只能侧坐硬撑，痛苦难受，并且高烧不断。作为妻子的丁玲常叮嘱他要注意身体，他口里是答应的，但忙起来又顾不上自己的身体了。

因整天忙于案件，常常回家时已是夜半更深，为了不影响妻女，他另支了一张小床。妻子时常早晨起来，发现一堆待洗的脏衣服，才知道丈夫夜里来家过。因此，她常常把一叠干净换洗的衣服摆放在小床上，早上起来看有没有人动过。常常是连着数天那叠干净的衣服还放在那里没动。但有时能看出丈夫进家门没来得及换鞋就匆匆来去的痕迹。

　　在日常的工作和生活中，常听到有些人对公安警察工作的一些偏见和看法，丁玲总是凭着对丈夫工作的热爱和理解，让他们知道公安警察工作不为人知的繁杂和辛劳。

　　丈夫魏晓威忠于党和人民，用自己的赤诚，克己奉公，舍小家顾大家，以实际行动树立了新时期人民警察形象。同时，他的言行也感染影响到了家人，就连他们心爱的女儿，小小的年纪也学会了疾恶如仇，当她看到电视里的坏人时，她的眼睛会瞪得滴溜圆。

　　在妻子的眼里，丈夫是值得托付一生的人，是有情有爱有血有肉的男人。6年前，妻子生孩子的时候，轻易不向组织开口的他，专门请了一天假精心陪护。

　　相爱是缘，相守是分。作为妻子，丁玲心里明白，丈夫是爱家的，爱妻子女儿的。但为了工作，他不仅忍痛割舍，同时，他自己更是放弃了安逸和享受，连同他的健康和生命，统统地放弃了。

　　2007年4月3日，丈夫在赴河北省抓捕最后一个逃犯的日子里，身体越来越差，连续高烧已到了病弱不堪的地步，直到被局领导强制命令住院。

　　在南京军区总院的病床前，妻子丁玲泣不成声："晓威，你要挺住啊。"丈夫用微弱的声音说："我也想啊。"然而，在入院后的第三天即进入昏迷状态，留给妻子最长的一句话还是在赴河北的路上，打的最后一个电话，说让妻子转告女儿，等爸爸回家，一定去学校接她放学回家。可他一去就再也没能回来，接女儿放学，是他终生不能兑现的遗愿。丁玲说，我会转达给女儿，生命与生命最强大的亲情，女儿一定会如同领受。

　　妻子丁玲的心最惨痛的是，丈夫生命最后的时刻未能对家人说什么。当死神步步逼近，他一定有话要说。作为妻子，她知道他想说什么，他要说什么，知道他舍不下心爱的女儿，丢不下亲爱的妻子，放不下头发花白的父母双亲。眼睁睁地看着丈夫无声无息地挣扎，最终带着对这个世界上最爱的亲人们的牵挂和眷念，遗憾地走了，从此扔下了一个破碎的家，丢下了一个年仅六岁梦里都在叫着爸爸的女儿，丁玲心裂欲碎。

　　2007年4月28日，在为丈夫最后送别的日子，泪眼蒙眬中的妻子看到，灵车缓缓经过的地方，有许多相识和不相识的社会群众自发地为丈夫送行。丈夫生前的领导、同事、队友及数百位公安干警向他作最后的告别。吊唁的人很多，悲声一片。《送战友》的旋律和哀乐交织。作为妻子，是多么伤心，也是多么震憾啊。

送走了丈夫，在后来的日子里，她不知道该以怎样的力量来承受生活突然地塌陷，尽管受到了双方单位领导和同事们的关怀，还受到了许多素不相识的人的关心和安慰，帮助她度过艰难时期，丁玲说这些温暖永远不忘。但她的情绪还是经常反复，时常禁不住失声痛哭，谁也劝不住。一次孩子放学来家，本来是高高兴兴蹦蹦跳跳的，见妈妈伤心，她也跟着哭要爸爸。作为母亲的丁玲忽然醒悟，她是个母亲，她要给女儿连同父亲在内的双倍的温暖和爱。她不快乐，她的孩子就无法快乐；她走不出悲伤，她的孩子就无法走出悲伤。她毅然选择坚强面对一切。她要决心把女儿抚育成人，培养成才，同时更要孝敬好老人，努力工作。

她祈愿丈夫安心地去吧，但愿在天堂不要再累，她和女儿永远地爱她。

魏晓威的生命虽然是短暂的，但他热爱公安事业的理想之花却是绚丽开放，灿烂光芒的，是超越生命的。

现实是此岸，理想是彼岸。中间隔着湍急的河流，行动则是架在川上的桥梁。
——克雷洛夫

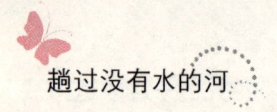
在那遥远的地方

在那遥远的地方，有位好姑娘，人们走过她的毡房，
都要回头留恋地张望……

一位朋友从青海回来后直叹息，说："草原上看不到毡房了。"朋友是
位有着浪漫情怀的诗人，那首脍炙人口的："在那遥远的地方，有位好姑
娘，人们走过她的毡房，都要回头留恋地张望……"曾激发了他的创作灵
感，使他写下了一首又一首充满激情的篇章，而当真从青海回来，了却了
多年的心愿，他却带回了不少的遗憾。

"看不到毡房没有关系呀，只要看到姑娘。"

"姑娘都不待在毡房里了，怎能叫人回头留恋地张望？"

一阵笑侃之后，朋友说到了青海当然不只是为了毡房，他生动地描述
了青海的宝藏，青海的高车，青海的已故诗人昌耀。

青海在人们头脑里的印象是什么？苍茫、荒凉、遥远、闭塞。但凡是
外表荒芜一无是处的地方，地球母亲总是要另外赐予它些什么。

青藏高原的地表荒芜，似乎也决定了它地下的丰裕。那里有油，有
铁，有煤，有稀有金属。因此，你绝对不要小看那些不长草木的贫瘠的大
山或者是布满沙粒浮尘的平地。亿万年前，它们可能都植被纷披，森林蓊
茂。在历经一次或数次天崩地裂的火山爆发后，那些被埋在地下的葱茏叠

翠，形成了今天的乌金王国。

有一个叫大头羊的煤矿，它的发现完全可以算得上是一个传奇的故事：有一年，临近春节的时候，地质勘探队员们仍在荒漠的野外进行勘探，附近的老百姓见风餐露宿的地质勘探队员们非常辛苦，便在他们的宿营地宰杀了一只大头羊。

那只羊在最后的挣扎中踢破土皮，多薄的一层土啊，于是，就露出了煤，于是，便有了现在称之为"大头羊"的煤矿。

青海有一种特有的运输工具——高车。极薄极大的木车轮，高车轴上一扇板，在高高的山岗上醒目且动人地走着。在诗人昌耀的诗中是这样的：

从地平线渐次隆起的，

是青海的高车；

从北头星宫之侧悄然轧过的，

是青海的高车。

而从岁月中摇撼着远去的，

仍还是青海的高车呀……

昌耀是我国当代西部诗人的代表，他一生致力于中国新诗的探索。他曾经蒙受过二十二年的牢狱之苦，受尽磨难却倔强刚毅。他的那些风格卓绝的诗篇，使整个西部灵动起诗质的光辉。

那位青海省作协副主席，他的淡黄色名片上只是：男子、百姓、行脚僧、诗人。

不幸的是，2000 年 3 月 15 日在西宁，他因不堪绝症折磨跳楼自尽。

诗人已逝。青海的高车仍在走。"没有毡房"，古老的草原也许将失去几分田园牧歌的悠扬。

朋友的叹息看来只能在王洛宾的歌声中凝固，在自己的想象里定型了。

个人的智慧只是有限的。

——普劳图斯

花儿与湘西

朵朵花儿向阳开。朵朵花儿，是真诚表达美好的心灵，美好的人。这世上，美丽的花太多太多，美好的人也是太多太多。

一位朋友去年深秋去湘西出差，下了火车，还没有出火车站，他便想先到凤凰小城看看。经问询，去凤凰小城没有直达的火车，要去吉首然后再转乘汽车。

从地图上看，凤凰地处吉首和怀化之间，那里层峦叠嶂，古来是绿林盗匪啸聚之处，至今仍保持原生态的植被。于是，朋友先是乘了去吉首的火车，后又乘去凤凰的客车，一路沿群山逶迤，到了凤凰。

车刚停稳，还没等下车，他便被一个卖鲜花的小姑娘拽住了衣角。朋友非常反感，一个劲地摆脱。

"先生，买束花吧。"

"不买！"

"买吧，送给老先生。"

"老先生？"

"是呀，送给老先生。"小姑娘偏过头一脸的执拗。

朋友恍然大悟，是呀，自己这趟来是干什么的？不就是来看老先生的吗？他不由得感佩当地人的聪明，在老先生身上找到了商机，一眼便看出外地人的来意。

她说的老先生，指的就是沈从文啊。沈从文和他的《边城》，边城便是"翠翠"，"翠翠"也就是眼前这卖花小姑娘的幻化啊。

朋友毫不迟疑地买了几束，同时又接过小姑娘赠送给他的一朵。怀揣着对老先生的敬意，他疾步穿行于凤凰古城。凤凰城很美，青山绿水，古树，吊脚楼，傩戏，苗歌，美景无处不在。这颗"湘西明珠"不仅被称为中国最美的小城，而且人杰地灵，名贤辈出，如国画大师黄永玉、文学巨匠沈从文等。

但如今很多人都是冲着沈从文来的。沈从文故居的院落很小，有房屋十间，沈从文生于斯长于斯并在此度过了少年时代。朋友左三间右三间里里外外看了个遍，最后，他来到了墓地。

沈从文的墓地在沱江边，所谓的墓地只是一块石头而已。石头上的字是：不折不从，亦慈亦让；星斗其文，赤子其人。

朋友轻轻拂去墓石上的灰尘，并恭敬地摆上了鲜花，然后坐下身来，吸支烟，陪伴先生很久。

花儿的另一种表达方式

20 世纪 30 年代的一个冬天。在英国。徐志摩去拜访大作家哈代。

徐志摩来的时候，哈代叫他待会儿，还有几笔就完稿。然而，徐志摩等了近两个钟头，哈代才出来。哈代的桌上堆有山样的书稿。

徐志摩惊异于哈代那种意志贯注在写作上的本领，参悟到哈代写作的奥秘。

徐志摩告别时，矮小的哈代说想送他一样东西，让他待会儿。于是哈代走回屋子里，不一会儿，他又从屋子里走出来，他手上拿着一朵小花儿，他温和的眼睛闪着真诚的亮光，他把那朵小花别在徐志摩的胸前，又后退一步，凝望片刻，才和徐志摩相拥告别。

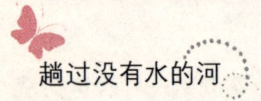
　　花有各种表达方式，前人有"送人玫瑰，手留余香"。但朋友送给老先生的花，大作家哈代送给徐志摩的花都惊醒了我所有的感觉，仿佛这花也栽种到我的心里，让我时时嗅到它们的芬芳，沾染它们的芳华。

人类的一切努力的目的在于获得幸福。

——迈克尔欧文

记住一个叫韦尔乔的人

一个喜爱画画的大夫，他的生命终止了。

　　2007 年 9 月《读者》杂志上刊登一篇题为《病中吟》的文章，文章作者的名字被画上黑框。编者介绍说，写这篇文章的人一个月前就去世了。这黑框里人的名字叫韦尔乔，是个爱画画的男人。这黑框一瞬间变成一种情绪，一种压抑，有点沉重地在我四周弥漫开来。

　　我认真地来读那篇文章。文章大概意思是说，他在 42 岁生日的前几天被诊断为肺癌，那会儿，他正迷醉于自己的一套神奇的"发明"之中，为了追求某种水墨效果，他使用了一种刺激性极强的腐蚀液，于是，一张画画下来，每每弄得鼻塞喉痒，泪流满面。于是，他有点自嘲：自己患病，是不是与长期接触自己发明作画用的劳什子药水有关？也可以说那批青幽幽的画，是他拼着性命搞出来的，他还曾为那药水所催化出的神奇效果而洋洋得意。文中还自我调侃，平时对疼痛避之唯恐不及，最后被疼痛逮个正着。疼，最后成了他每日的功课。尽管是这样，他仍没有怨上天不公变得消沉，相反，他的善良，豁达，乐观以及饱满的情趣，浓郁的书卷气，异乎寻常的语言方式，让你触摸到了一种生命的感动。

　　他说，他的画乍看上去有些丰子恺的影子，但实际上在用笔及意趣上与丰子恺相去甚远！丰氏风格在中国画坛上不可无一，亦不可有二，吾人虽根性笨拙，但断断然不会亦步亦趋，拾人牙慧。接着他又叙述他后来那批带有遗老遗少风格的画作，多取法于他喜爱的一个版画家，但属"巧取"，旁人是断不会在他的画中觑得一些旁人的影子，其实啊，高明的艺术家都是技术精湛的窃儿，行窃时，敛心静气，不动声色，得手后，不留痕迹，跑得远远的。

韦尔乔是哈尔滨人，后去外地念五年医科大学，毕业后分配在哈工大医院。他最早成型的作品大都画在小小的处方单和火柴盒大小的纸片上。就这么一点业余爱好，后来竟创作出近万幅作品，成了一位小有名气的"斗方名士"。

画家丁聪曾赞叹："确实画得好，真是画得好，单线条的、复杂线条的画都站得住，而且线条都敲得响。"华君武老先生评论说："韦尔乔作为一个大夫，居然画得比专业画家还要成熟，轻松，自然。除了他的勤奋和修养，还有股从骨子里散发出来的天赋。"

这天赋从他的文章中也能让人透彻地感觉出来。文中提到手术后三个月，他去南京休养，还不忘勾一些带有江南味道的玩意儿。后寓居一友的闲置香闺，一日倦倚沙发，见桌上一支马克笔，一时兴起，一晚上连鞋盒上都被画得琳琅满目。回哈尔滨后，仍回味无穷。在文章的后半部分，他提到自己是坐四望五的人，竟还摆不去那一抹青春的影子。时常也追忆沉香软玉，美馔佳酿。也写孤独、思念、怅惘、伤春、无奈和爱。但这些统统都不像是重病之作。其实，写完这篇文章，几乎是他跟这个世界作最后告别了。

《病中吟》是抒情的，柔美的，有一点伤感，有一点幽默，有一点自嘲。在他的文章下方，编者特意登载了他的系列画。概括的笔法，简练洒脱，生动传神，方寸之间曲尽风致，图小世界大：莫须有的场景，不可能的空间，闲适的人物，突兀的肢体，一个失魂落魄的小官吏，到处寻找自己丢失的钢笔，生怕掉到没上盖的井里；一个总是惴惴不安的人，好像随时准备躲开一辆疾驰而来的汽车……不受传统模式拘束，出手自成系统，把素描提升到灵描高度，借用陶渊明的诗句："此中有真意，欲辨已忘言。"韦尔乔的这些画代表着他的每一天，因为，每一天，韦尔乔都在画。画铺满了他的情感和生命。

读完《病中吟》，虽然我没有意想中的酸楚，但我的心里还是很难受。这种难受由里及外。望着窗外，窗外早已看不到树了，不过，还好，昨夜下过一场雨，空气澄净，天空晴朗，一片阳光照进来，我的心底绚烂如霞。

新的美好的一天又开始了，一个固执的念头在我的心里产生，韦尔乔还活着。可是，在这个世界上，有许多事物和人是不能改变，无法挽留的。

一个喜欢画画的大夫，他的生命终止了。但有些生命不会离去，我至今都记住一个叫韦尔乔的人。

>>>

一切节约，归根到底都是时间的节约。

——马克·吐温

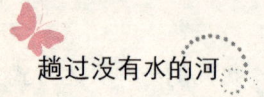
孙犁的文集

他的作品以明丽流畅的笔调，勾勒了时代和历史的风俗画面，他的风格已成为一种流派——荷花淀派的标志。

前些日子，读了些老作家的作品，如巴金、汪曾祺、沈从文等。我无法描述阅读他们的作品带给我的是怎样的心灵震撼，他把你带进苦难中，又牵引着你从苦难中拔出。

我感觉这些文学大师对于命运的领悟，世情的谙悉，乃至于炉火纯青的文章，足以使我于迷蒙中清晰，混沌中了然。

不久前，又在一位文友的书架上看到了《孙犁文集》。文友给我讲述了有关文集的故事。

一次，出版社的领导和一位女编辑带上刚出版的《孙犁文集》去孙犁家。孙犁非常高兴，连声称赞出版社为他做了件大好事。

女编辑说："您今天用了'很好'，'太满意了'这些您平常很少用的词儿。"

孙犁告诉他们，当年走上战场，腰带上系着一个墨水瓶，怀里揣着粗劣的纸张，这部书今天能有这样考究，他感到光荣和不易。

孙犁还说，平日写稿写信，用纸极不讲究，每遇好纸，笔墨就要拘束，深恐把纸糟蹋了。

孙犁珍惜纸张是出了名的，他糊破损的书页，都是用他工作过的《天津日报》的报纸白边，他还裁下报纸的一道道白边，订成一个小册子用来记笔记。孙犁珍惜的也许不仅仅是纸张，他珍惜的是人生的俭朴吧。

孙犁的作品以明丽流畅的笔调，勾勒了时代和历史的风俗画面，他的风格已成为一种流派——荷花淀派的标志。他那朴实、清新的文字，难道不应该用如此的考究来装饰吗？

社长和女编辑走后的许多天里，孙犁都站在书柜旁，观察着这一部书。渐渐地，孙犁的心平静下来。他感到一种满足感同时也是幻灭感。他说，这不是他的书，这是他的骨灰盒。

他的一生，他的文学观，他的创作主张，都在这个盒子里。

合理安排时间，就等于节约时间。

——培根

"我娘唤我"

"我娘唤我呢", 活到 70 岁, 在娘跟前都是孩子。

春节期间, 有一天晚上, 我和一位回农村老家过年的文友通电话。

这位文友是个山东大汉, 不仅文章风起云涌, 气势惊人, 且天性豪放, 走路两腿生风, 说话气象峥嵘, 此时在电话里的声音也不小。

我们通话的时候, 基本上都是他说, 我听。不一会儿, 他的话音突然来了 180 度大转弯, 他用非常温润亲和的声音对我说: "我娘唤我呢。"原来, 是他娘为他烧好了洗脚水。他的话音掩盖不住自己这大男人仍被母亲疼爱的骄傲和欢喜。他匆匆地挂机, 还不忘对我美美地重复一句: "我娘唤我呢。"

你因成功而内心充满喜悦的时候, 就没有时间颓废。

——弗兰克·迈耶

几缕水草

活着，就意味着一定能走出心灵的沼泽，生命的沼泽。没有一个生命毫无意义。

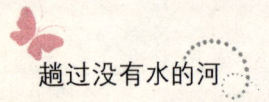
回望过去二位优秀女性的身影

"女性的天空是低的，羽翼是稀薄的……不错，我要飞，但同时我觉得，我会掉下来。"

——萧红

大师老了。

他艰难地走进一座大厅。

巴黎世界博览会。

那里呈现着他的许多雕塑作品，最具代表性的是《思想者》《吻》《加莱义民》等。

大师真的老了，步履蹒跚。而与他相映的是，他的雕像仍神采奕奕，栩栩如生，这令他因幸福而战栗。他凝望着这些作品，这些作品可曾让他想起爆发灵感的过程？那火焰般创作的激情，是不是一手醮着女人的红颜，一手调匀他感觉的胶泥？有没有想到当初另一个女人的存在？

大师站在群雕之中，时光，倾覆他过去的辉煌和灿烂。他双手悄然垂落。罗丹的一位好友后来回忆说：罗丹常常一个人孤独地凝望一幅作品。那是以卡米尔为原型而创作的《思》，当初凝结着罗丹对卡米尔的炽热情爱。此时，他不敢回忆过去，他敬畏地凝望自己的作品，却不敢从大理石的反光中看自己，这完全缘于他曾经对一个女人的伤害。有人断言，大师的作品人们能忘却，但曾经给予大师全部爱的女人——卡米尔，不能让人忘怀。

1883 年，19 岁的天才雕塑爱好者卡米尔拜师 43 岁的法国雕塑家罗丹的门下。大师第一次见到她便发现她的美，并被深深吸引。卡米尔也积极响应，后来不惜充当"未婚妈妈"的角色，并给了他无限的激情，使他创作出了许多惊世的作品。由于不予婚姻保证，卡米尔后来离开了罗丹。离开罗丹后的卡米尔开始全身心地投入雕塑创作，因为她本人也是雕塑家，她 12 岁就在家乡维尔纳夫玩泥巴搞雕塑了，有着天才雕塑家的特质。而罗丹呢？37 岁才开始搞雕塑。当卡米尔后来遭受巴黎雕塑界的妒忌和挤压，渴望得到大师的支持和帮助，却遭到大师无情的冷落，此时，大师正处在名利的巅峰。

那时，卡米尔非常痛苦和绝望。可悲的是，她走不出大师的影子。

卡米尔后来疯了，孤愤地死在疯人院，死后身边无一亲人，只有一张旧病床和一把破尿壶。

有关卡米尔，我在《难以宽宥》一文里有详尽的叙说。前不久，我翻看一本旧杂志，里面有一张卡米尔年轻时的照片，目光聪慧，美丽动人。如果她是平常的女人还情有可原，恰恰相反，她本人也是雕塑家，是女性中的精华，以她的聪慧，没能成为出色的雕塑家，不能不是当时法国雕塑界的遗憾。当她遇到像罗丹这样优秀的男人，没有谁比她更能得到来自罗丹的熏陶和教化。她应该从这个男人身上学他的智慧，而她却是奋不顾身地投入感情，结果却被自己炽烈的爱情之火吞噬。

同样一个女人，美国诗人普拉斯，一个天才才女情爱的伤痛者。普拉斯天资聪颖，容貌美丽，1956 年从美国到英国剑桥大学读书，与有着皇家空军经历，当时很负盛名的诗人休斯一见倾心，当时普拉斯在诗中写道："我们吻着，甚至吻出血来"。然而，婚后不久，他们狂热的爱情迅速地降温，休斯的爱，像升腾的火焰，很快化为灰烬，因为休斯又爱上了另一个女人。这期间，普拉斯做过努力，但任何形式的隐忍和挽留，无一能敌男人的决绝。

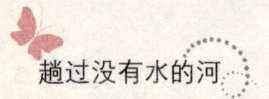

后来，普拉斯被迫离婚，离婚后，带着两个孩子的普拉斯仍对休斯抱有幻想，但当她得知休斯就要和那个女人结婚时，普拉斯的幻想彻底破灭了。白白投入的感情，被背弃的诺言，破碎的残梦，让她彻底地绝望了。

1962 年 2 月 11 日清晨，普拉斯为两个孩子做了最后一顿早餐，然后打开煤气，自杀。

一个曾经是女雕塑家，一个是当时著名的女诗人，她们都遇到优秀的男人，可是优秀的男人却间接地杀害了她们，而他们则无罪。

女人为爱而生，却又为爱而死，罂粟般的可怕。

同为女人，我们是否应该检讨自己，有没有像亲近青草一样地亲近自己的生命？有没有蓬勃的生命活力？有没有爱的能力？大师的造型远没有他们的作品耐看，但卡米尔和普拉斯却是女人的一面镜子。

>>>

智慧是唯一的自由。

——塞内加

不抓男人的脸

不抓男人的脸，就是给自己的面子。

　　幼时，是个敏感腼腆的女童，一次却和男孩干了一架。

　　邻居中有一个小男孩，他向我炫耀说家里有很多新玩具，但他舍不得拿出来，要玩到他家去玩。我说了一声"好"，便迫不及待地去他家。我们在长长的筒子楼走廊里一直往前走，他家住在最里面的一间。大人们都上班去了。他先是表现得很大方，拿出所有的玩具摆在桌上，但随后又表现得很小气，只能看不能碰。我拿一个，他就夺下一个，我们就打起来了。我们像小兽一样彼此纠缠，厮打。最终，他把我的辫子打散了，我把他的脸抓破了。

　　此时，桌上的玩具乱作一团。他像大人似的收拾玩具，我在地上找扎头的橡皮筋。我突然听到他尖声地哭起来，接着一屁股坐在地上号啕，他不知从哪个方向的镜子里看到自己脸上的伤，那是我的抓痕，他不依不饶地哭。恰在这时，他妈妈到家了，责怪我不该抓人，再抓，就把手斩掉，接着恶狠狠地撵到家里向大人告状。我的妈妈虽然没有袒护我，但说了一句让我记到如今的话：不要抓男人的脸。

智慧只能在真理中发现。

——歌德

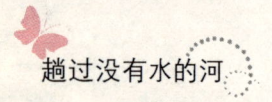

一个女人的灵魂之光

一本《简·爱》，让我们读到了真爱。

1847 年的英国。31 岁的乡村姑娘夏洛蒂·勃朗特写出了《简·爱》。

2007 年 7 月，我的文友言青作为访问学者到英国。访问计划中原没有那项安排，但她还是特意去了一个叫哈沃斯的小镇。这是一个写字的女人去会晤另一个写字的女人。她是带着一种悠远深长的情怀去的。

那是一个偏远的小镇，地处配尼荒原的边缘，一望无际的荒漠，闭塞，苍茫，如遥远的悲歌。因为每天有从世界各地远道而来的拜访者，那儿就不同寻常了。

一百多年来，那里成了一个名镇，因为那里诞生过夏洛蒂·勃朗特，另外还有她两个写小说的妹妹。她们姐妹仁作家。

她们的作品我很早就读过，至今难忘当初受到强烈震撼的感受。言青说她本来是带着一双眼睛去的，这次顺便把我的眼睛也捎带上了，让我也能贴切地去感受夏洛蒂·勃朗特，感受简·爱。

走近夏洛蒂的故居，能看出她们家当时的生活是非常贫寒窘迫，清苦拮据。

周遭的环境恍若一百多年前的光景，萧索，沉寂。远处阴冷的教堂，门前大片竖立着十字架和碑石的墓地。一望无际的荒野中，一条弯弯曲曲细细长长的小径，少女时代的夏洛蒂常常走在这条小路上，迎着凛冽的寒风去寄宿学校上学。成年后，也是从这条小路上去给人家当家庭教师，对此，她说："私人教师除了在她该干的劳累的活儿以外，没有任何存在意义和价值，根本不会被当作活的、有尊严的人看待。"

恶劣的环境，清苦的岁月，都是笼罩在她心头的阴影，使她成功地塑造了一个敢于反抗、敢于争取自由和平等的简·爱。《简·爱》里那种凄凉、压抑和孤独无助，都是和夏洛蒂所经受的心灵压力分不开的，正是这样的外在环境和内在因素，才使她在幻想中展开飞翔的翅膀。这个生长在穷乡僻壤的乡村女子，虽然贫病交加，生命短促，却给世人留下了一笔永恒的精神财富。她长相平常，上苍偏要给她聪慧的头脑，丰富的感情世界，天生的语言能力，以及在语言中表现出来的那种高贵和力量，这使她光彩炫目。

至今难忘《简·爱》里简·爱那段经典的表白："你以为我穷不好看，就没有感情？如果上帝赐予我美貌和财富，我会让你难以离开我就像我现在难以离开你一样。可是上帝没有这样做，但我们的精神是平等的，如同你和我经过坟墓，将同样地站在上帝面前。"

简·爱那种强烈的爱情，悲伤的历程，都是夏洛蒂自己将现实与梦幻交织起来的真实的心灵写照。

同样是一个写作的女人。言青，这个曾经没有固定工资收入的单身母亲，独自一人带着孩子，勤奋写作，靠稿费养活自己和女儿。她住在没有装修过的小套房里，房里只有木门木窗及踩得发亮的水泥地，她在繁华都市中宁心静气地写作。

常常是这样的一片阴云笼罩着她，怎样才能养活自己和女儿？怎样在漫长的岁月中少生病或不生病？有了稿费就飞快地先去买袋大米，从小生活在偏僻的山区，人多地少，石头缝里刨土，而石头缝里的土像是鹭鸶脚上的肉，能有多少？因此，在她的概念中粮食是最重要的，只要有了粮食，别的就好办了。

一个女人的灵魂照耀另一个女人。

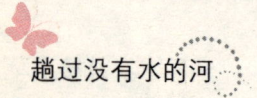

　　从夏洛蒂的身上我感受到了言青；从言青的眼里我更加感受了夏洛蒂。我恍若看到了保存依然如当年原样的夏洛蒂故居，窗外依然如当年所有的景色。因此我得以和言青一起贴切地去感受，那个时代的灌木林，荒草甸，细长的小径，乱窜的雏兔。

　　那美丽的四季依旧，那永远的大自然，永远的简·爱。

　　在所有的批评家中，最伟大、最正确、最天才的是时间。

　　　　　　　　　　　　　　　　　　——别林斯基

克丽斯汀娜的世界

每次我遇见她，总是热情有加地向她打招呼。她一定知道我的热情的由来。她敏感地接受别人的好意。

　　无边无际的荒原，寂寥斑杂的草木，辽阔渺茫的天空下，一个瘦骨嶙峋的女人爬伏在地上。她没有歇着，她挣扎着向远处的房屋爬行。

　　这是美国自称抽象派人称写实主义画家安特罗·卫斯题为《克丽斯汀娜的世界》的一幅名画。

　　"克丽斯汀娜"，画中女人的名字，她的所在处显然并非是起点，在此之前，她一定有过一段艰辛的历程。她是那样虚弱，孤立无助，但她并没有放弃继续前行的意念，她薄薄的胸腔里的心在咚咚地跳动，她细细血管里的血在急促流淌。

　　克丽斯汀娜在做什么？她究竟要往何处去？成了举世的疑问。

　　安特罗·卫斯一定是一个被苦难浸泡过并专注于表现苦难，战胜苦难的画家。否则，克丽斯汀娜怎么会触动了不同国度的人，怎么能让我强烈地感受到另一个相似女人的存在？

　　在我家对面的那幢楼上，一个年轻美丽的女人，独自一人带着她患重病的女儿，每天都像是在刀尖上过日子。

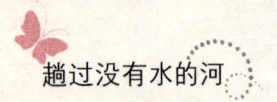

花骨朵般的女儿，小小的身体，头颅凿洞，钢铁穿骨，流血，哭泣。

悲苦的女人曾痛惜地长跪在地，痛彻心骨地祈求上苍让自己来代替。

可是，痛苦而又无奈的现实像是汹涌滔天的惊涛骇浪，排山倒海般地向她涌来，她像是风浪中的一只小舢板，女儿又似一叶小帆，这只小帆眼看着要被风浪卷走，她拼命地挽住缆绳，拼命地挽住。

不敢多望对面楼上一眼，怕心揪得紧。忍不住地望，看到的都是年轻母亲不停闪现忙碌的身影。

晚上，没有亮如白昼的灯光，只是静静柔柔的灯火，有时还会传来旋律优美的钢琴声。这也是这一家唯一的声音。

在进出小区上下班的路上，我常和她相遇，对面那楼上女人。她身单力薄，但异常地美丽而又温情，我惊异于她超出我想象的波澜不惊。

我们并不相识。但每次我遇见她，总是热情有加地向她打招呼。她一定知道我的热情的由来。她敏感地接受别人的好意。

这样的女人令我崇敬。她的柔弱，她的尊严，她承受的精神痛苦却无明显的痕迹，这反而成为她难以阻挡的魅力。

眼前既无隐喻又无故事的克丽斯汀娜，让我联想到现实生活里的这一对不幸的母女。

有人曾要求安特罗·卫斯解释画中的含义，克丽斯汀娜能不能到达她想去的地方，但安特罗·卫斯始终不多言语。

克丽斯汀娜究竟要去哪里？能不能到达？我已无心去问无心求答。在这明媚的阳光下，我有心的是，那女人能牵着她女儿的小手，从我家对面的楼上走下来。

时间是由分秒积成的，善于利用零星时间的人，才会做出更大的成绩来。

——华罗庚

几缕水草

几缕水草，是希望的草，更是绝望的草。

死亡是黑色的。

自杀死亡更是痛彻的，是很难于直面的，是一个可感可触的鲜活生命的瞬间消失。

近来我为这样的一起事件心痛不已，并且持续了很多天。那天在浙江上大学的女儿打电话告诉我们，有一个女生跳河自杀了。母性的本能让我的心骤然下沉。

"为什么不拦住她，阻止她？"

"我们不认识她，是外系的，但我们同学现在都很悲伤呢。"

"她有病吗？"

"没有，身体好着呢。"

"心里有病吗？比如精神抑郁。"

"不清楚，听说中午吃饭时还有说有笑。"

接着，女儿反过来劝慰我，"这是没办法的事，事情已经发生了，只能说我们要更加珍惜生命，珍惜我们身边的人。"

　　我放下电话后重重地叹了一口气。痛惜之余，我想不明白，那孩子怎么这么不在乎自己的生命！我由此想到孩子的父母，尤其是她的母亲，真无法想象她被这猝然而至的噩耗摧残得是怎样地痛不欲生，天崩地裂。

　　这原本是一个多么骄傲的母亲。从女儿出生的那一刻起，十月怀胎的艰辛，一朝分娩的疼痛都被这降临的小生命融化了。在漫长的成长岁月里，一饥一饱的牵挂和一衣一食的辛劳抚育，无不牵挂母亲的心。终于有一天，女儿长大成人并且如愿考上大学，尽管父母脸上皱纹纵横、鬓上飞霜了，但他们并不在意，他们心里甜着呢，他们和女儿一样，对未来有着无限美好的憧憬。可是，突然一天晴空霹雳，心爱的女儿只留下一纸遗书就永远离开他们。他们顿时陷入灾难的深渊。家庭从此支离破碎。他们悲痛欲绝，伤心泣血。他们哭不出眼泪来了，如果说还能说出话，那只有一句，像是问女儿，更像是问自己："女儿，我们为什么失去你？"

　　这么冷的天，跳进冰冷的湖里，这一定是那女孩选择多种自杀方式后最后确定的一种。她认为是最佳的。可是，据说，她被打捞上来的时候，手里紧紧地攥着几缕水草。有点常识的人都知道，那是救命的草。

　　也就是说，那女孩不论是一时冲动还是蓄意已久，在黑黑的，沉沉的夜，当她纵身跳下去的时候，在那一刹那，冰冷的湖水刺激了她，也激醒了她，自觉结束生命的决心猛然动摇，求生的欲望突然强烈。她不会游泳，这一点可以肯定。她被无边的黑暗笼罩。周围漆黑一片。尽管不远处的建筑工地有灯光，有搅拌机的轰响，还能听到干活的工人们说话的声音，可她的声音没人听到。她拼命挣扎，在水里扑腾。她的两手想抓住什么，但什么也抓不到，她还是拼命地抓，最终还是被她抓到了什么，就在她紧紧抓住死死不放的时候，静静的湖面只激起一圈圈难以静止的涟漪，一个年轻女孩鲜活的生命就这样消失了。

　　女儿去意已决，不死不罢休，让父母万念俱灰，可是女儿手里紧紧攥着的几缕水草，就更让人感到揪心的痛了。父母的心活活地疼死了。

　　据说我们国家每年有近28万人自杀死亡，平均每2分钟就有一人。面对一个鲜活生命的消失，每一个善良的人都会问：是什么让他们不尊重自己的生命？有没有想过自己的亲人？有没有想过有多少病人，历经种种病痛磨难，都不放弃哪怕是千分之一希望的治疗；有多少伤残人，健康人的一抬腿，抵他们多少步，但他们仍顽强地活着，不漠视生命。

自杀者的行为难以控制，无法阻拦。人与人的心灵相近又遥远，这就要求我们国家尽快建立广泛的社会预防机制，特别是在高危人群里，如高校，建立心理危机干预与预防门诊，帮助大学生在心理上健康成长，让这些措施成为预防自杀行为的一道防火墙，一道拦洪坝。

这道防火墙、拦洪坝就叫"活着"。活着，就意味着一定能走出心灵的沼泽，生命的沼泽。没有一个生命毫无意义。

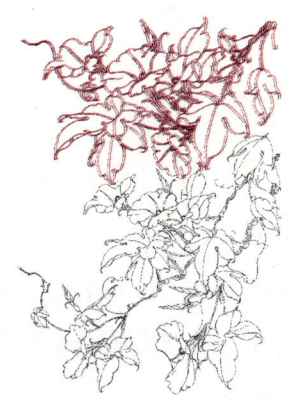

智慧是对一切事物产生这些事物的原因的领悟。

——西塞罗

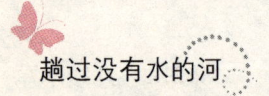

你总有爱我的一天

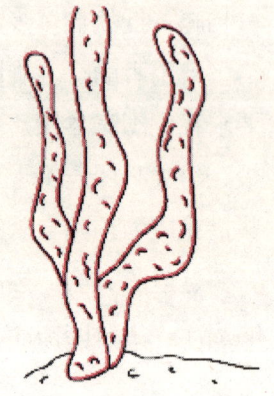

女人总是会被与其同一类型的男人吸引，或是爱上同一类型的男人。摔跟头常常在同一个地方。

你总有爱我的一天，

我能等着你的爱慢慢地长大，变老。

你手里提的那把花，不也是四月下的种子，六月开的花吗？

我如今种下满心窝的种子，至少总有一二粒生根发芽，

我的花是你不要采的——

不是爱，也许是一点喜欢吧。

我坟前开的一朵紫罗兰——爱的遗迹，

你总会瞧它一眼；

你那一眼，抵得我千般万般地苦恋。

死算什么？你总有爱我的一天。

这是英国诗人罗伯特·勃朗宁的诗。每当我读起的时候，我都会被诗人渴望拥有爱情的那份坦诚，炽热的感情所打动。"你总有爱我的一天！"

这是一份多么饱满美丽的情感，多么纯洁坚定的期待。

这是一首古老爱情神话的诗篇。

然而，在现实生活中，如果真的要等"你总有爱我的一天"，那是多么绝望而绵长的等待啊，能等到吗？等得起吗？我想起了一个女人，这是一个对爱情从不失望的女人，可是，当她一次又一次舒展情怀拥抱爱情的时候，爱，却停止在她满腔热爱的激情当中。她为此苦痛，为此烦恼。一次，她竟然千里迢迢地去"讨伐"，为着她那个一厢情愿地爱意。

其实走到半途，她就改变了主意。不是善罢甘休，而是她咬牙切齿地发誓，坚决等下去，等给男人看！

数年，不，其实不到数月，她就等不下去了。她写下了这样的诗句："我终于没有等到，我也就领略到了你那无愧地高傲。"诗里记载着她的失意，她的滚烫的激情和才华，她的秘密和倾诉。

这个女人已经不年轻了，有过一次失败的婚姻，如果她真的信奉"你总有爱我的一天。"她会茫然无措，她拿什么来等到这一天？她会有这样巨大地耐心吗？幸好她不是笨女人，她醒悟得早，在情形对自己不利的情况下，干脆放手，丢掉幻想，不依赖于被爱，保持自己的人格尊严，因为靠等待是远远不够的。

"你总有爱我的一天！"是啊，与其催逼别人，不如重新审视自己，确定自己的位置。

可是，在如今现实生活的爱情海中，有着太多男人和女人的故事，有着太多希望与失望并存，伤感与无奈纠结。

一个男人爱上了一个女人，女人却不爱这个男人，男人问女人：你为什么不爱我了，我有什么地方做得不对？你告诉我，我改。女人说：你到底爱上我什么了？告诉我，我也改。

其实啊，爱是爱的一切理由，不爱是不爱的一切理由。爱是一门简单

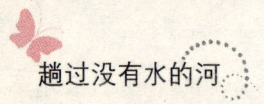

而深奥的学问，简单得能用几句禅语释得：君从何处来，从来处来；君到何处去，到去处去。

悟出这一点，"你总有爱我的一天"，那份强烈而又美好的期待，既能捂在心窝，也能挂在窗外。

智慧仅仅是一种相对的品质，它不可能只有单一定义

——哈利法克斯

在电话亭里哭泣的女人

与其在公共电话亭里哭泣，不如回家躲在被窝里号啕。

她在酒吧里已经坐了很久。她似乎在等人。她的眼睛不断地瞟向窗外。酒吧里幽幽的灯光，显出她无穷的孤独和忧伤。

她坐在靠窗的位置上，高脚玻璃杯被她捏在手里，摆弄着，杯里的红酒不停地晃动、喷溅，就像她那颗寂寞难耐焦灼不安的心。

时间已经很长，她好像不愿再等，她走出酒吧，却钻进了马路对面的电话亭里，此时，外面已下起了滂沱大雨。

城市的夜晚灯光璀璨，像白天一样热闹非凡，人们在雨中穿梭，车辆在雨中奔流。街心花园散发紫罗兰的幽香。谁也不会在意电话亭里这个有着千千心结的女人。

她抓起电话在拨，只见她长发掩面，双手抱住电话，刚"喂"一声，对方就"啪"地挂掉。女人心不甘，又拨，结果，一个男人冰冷的声音传过来，女人放下电话失声痛哭。

这个女人是谁？她为什么哭泣？风灌进电话亭里，把女人的长发吹起，在逝去的无数个雨夜，那个女人的哭泣还在我的耳边响起。

智慧的可靠标志就是能够在平凡中发现奇迹。

——爱献生

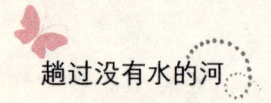

杜拉斯的《情人》

世上并不是所有的花布都能做成美丽的衣裳。

　　度假村里的餐厅灯火辉煌。餐桌边座无虚席。我对面坐着的一位是和我一样到太湖来旅游的女人。

　　她坐定后便从包里掏出一本书，杜拉斯的《情人》。杜拉斯，那个写作的法国女人。

　　我凑上前去，暗示我们同为女人的倾向性。她把书递给我，并热情地向我推荐，也许她发现，在这个风景秀丽的无锡太湖之滨，我们所要走近的依然是女人。

　　15 岁的法国少女在湄公河的渡轮上邂逅 27 岁的中国男人李云泰。两人一见钟情。后来中国人要回中国，娶他的中国新娘，少女也回到法国求学求职，直到后来成为一个声名卓著的女作家。

　　半个多世纪过去了，沧海桑田。有一天，当年的一对恋人在巴黎再次相遇。岁月掠去了少女曾经娇艳的容颜。然而，中国男人说：这张脸比过去更美。

　　就是这一次的相遇，引发了杜拉斯昔日少女的情怀。于是她提笔写下了那段亚热带的疯狂。这便是多年前就畅销过的小说《情人》。

"杜拉斯后来对感情有着太刻薄的要求。"女人对我说，"所以她就一次一次地把自己放在那混沌的世界中震荡。有时肢解了，破碎了；有时扭结着；有时又火爆爆地燃烧了起来"。

"杜拉斯纯粹是为了爱。"女人又说，"杜拉斯生活不幸，她不停地爱，不停地失望，这后来成为她作品的主题也是心灵的主题。"

女人很健谈，由杜拉斯扯到她自己。

她对他的依恋性很强，本来从小自理能力很强的她自从有了他，变得娇弱任性，什么都想让他帮她做，连手指甲也让他剪。

结婚三年的夫妻说没就没了。

"女人一面同男人为一寸一分自身的权利奋力抗争，一面又依赖狩猎捕鱼的男人回来"。

那女人立刻激动地认为我讲对了，她说，她就是这样的女人，深爱对方，却又拼命依附对方，男人和她在一起注定是累。

"爱是一种积极性的内疚"。杜拉斯说过的。我掂量这话，很符合眼前女人的意绪。

杜拉斯纯粹是为了爱。

后来当69岁的杜拉斯得知中国情人去世的消息，她不曾料到自己是如此痛不欲生。从开始萌发就预示死亡的爱情，杜拉斯是以什么样的心灵体验来写这些爱情？

我面前坐着的这个女人，她还有机会展示她作为女人的情怀吗？

餐厅里的人越来越少，餐厅里的灯光依然明亮。这是一顿奇异的晚餐。两个原本陌生的女人分手之际都明白，世上并不是所有的花布都能做成美丽的衣裳。

智慧的最大成就，也许要归功于激情。

——沃韦纳戈

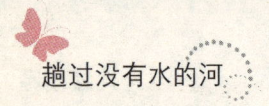
你不懂他的孤独

男人在孤独的时候，只有他自己的声音才是他愿意
听到的唯一的声音。

美国一著名人际关系学专家所著的《你不懂他的孤独》一书，曾掀起
美国妇女检视自己，重拾爱的能力的热潮。

虽然国籍不同，但女人的心却是相通的。千百年来，女人为一寸一分
自身的权力奋力抗争，男人举起利刃却劈不开女人泪垒的伤心墙，无奈的
男人进出这么一句：你不懂我的孤独。

近日，一个朋友跟我说起她的丈夫时是情枯意竭伤怀入骨泪飞顿作倾
盆雨。她哭诉说："他下班回家我已把饭菜做好，他换下的衣服我及时洗
干净，他生病我不离左右，他在书房我递茶送水忙个不休，他非但不领
情，有时还嫌烦。"

她的丈夫是个作家，我有针对性地帮她排解，我说："作家写作要进
入状态，要有自己的空间，贴心的关怀有时反而会是侵扰，是对他已聚拢
的精神的打散。"

她马上找出破绽，"那不写作呢？不写作他也在书房里枯坐半天，有

时电话都不接。我找他吵，他表面上举手投降，谁知腰里还别着把刀呢。"这时她的丈夫从外面回来，听到了妻子的一腔怨言，他也倒了一肚子的苦水，最后重重地叹了一口气：你们女人呀，真是不懂得男人。

其实我的朋友也是个优秀的女人，我虽然同情她，但我更倾向于男人的肺腑真言。

同为女人，我们是否应该检讨自己，我们究竟还有哪些做得不够？还漏掉了什么？我们自认为在家庭扮演最称职的角色，自认为拥有了他的一切，为什么却唯独没想到是否拥有他的思想？

我们付出全身心的爱，似乎我们便有了权利。我们的付出转眼之间就变成了要求。当要求得不到相应的回报，不是怨尤，就是投入更多的爱。而男人面对步步紧逼的女人，举轻若重，大道难行。女人更加疑神疑鬼，陷入眼泪和忧伤，再有层次的女人，也落入历史的窠臼，成为怨妇。

我也曾渴望超越，心结化羽，无爱一身轻。是杜拉斯指点了我，那个写作的法国女人，她说："没有爱，那是不可能的。"能不能绕道走？我想说，除非你不是女人。

我试图站在男人的立场上寻找原因，我发现，男人在外面展示的那种自己回到家中会消失得干干净净。我试图走近他一点，再走近他一点，男人不仅喜欢自由，喜欢拥有他自己的空间，男人更需要享受孤独。男人在孤独的时候，只有他自己的声音才是他愿意听到的唯一的声音。

我至此明白卡夫卡，那个一辈子都没有走出他的小镇，只活在他内心世界的男人，他如果没有对人的异化状态的孤独深切体悟，就没有《变形记》中的"大甲虫"。明白这一点，我如释重负，不怨别人也不怨自己。女人情感的觉悟就是比思想政治觉悟来得慢啊。

我们女人对男人的要求，不要隐藏他的忧虑，不要掩饰他的痛苦，有多少泪你就流吧，有多少话你就说吧，你想孤独你就孤独吧。书上不是

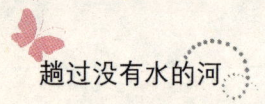

说："思想越丰富，心灵越孤独"吗？不想孤独的时候，就敞开心扉，和我们共赴心灵之旅，携手探索未知的一切，共同拓展爱的疆域，在爱中共同进步。

同时，男人也应宽容女人，不要用彻骨的男人气来冰女人，因为，女人和男人一样，都不愿在精神的刀刃上行走。

所谓青春，就是心理的年轻。

——松下幸之助

勾勾画画也是情

与人善行，暖于布帛。

　　多年前的一个细雨蒙蒙的上午，接到一家文学刊物编辑的退稿附函："你的文字很有魅力，但作品却像是个早产儿，没能通过，退给你……对你不甚了解，你的年龄，你的职业，读的书等，能告诉我们吗？"

　　从笔迹和署名看，想来是个热心的女编辑，近万字的《一个文学女人的手记》，经她的蓝笔涂抹，红笔勾画，好像架上了道道彩虹，当初接到退稿那失望怅惘的心，此时也被那一抹抹亮丽的色彩勾画得通明透亮。

　　虽然她没有像艄公那样把我护送上岸，但我仍感激她一杆竹篙的撑动，一叶风帆的推进。

　　我学习写作已有很长时间了，但至今仍写得迟钝缓慢，枯窘吃力。再没有人比我在少女时代就喜爱文学，至今仍没有弄出头绪而令人尴尬的了。无怪有人善意地嘲讽我："撂不倒鬼子的老游击队员。"

那么，我为什么还强努着自己拙拙巴巴地写个不停呢？更何况如今生活节奏越来越快，生存的压力每天都够你奔波忙活，为什么还要拼命挤时间素面朝书孜孜追求呢？

正是因为这纷繁复杂的人生，像时而狂卷时而柔顺的风，不停地撞击我抚慰我的心灵；正因为这变幻不定的世界像飘忽无踪的云，不住地在脑海里滞留，在心里激荡，哪怕你身上触角铠甲般地坚硬，哪怕你感觉系统锈迹斑斑，也会接受它的感召，恢复你的官能，感染你的情绪。于是，你便沉醉于将心中对人生的感悟用文字表现出来。

《一个文学女人的手记》，是一个女人一颗完整丰富的心灵在重重矛盾中战栗和抗争的心路历程。它也是我去年夏天，用最热烈的写作方式抗击炎夏的行为标志。

自它寄出后，我便老实而又耐心地等待，我似乎不敢奢望能发表，但我必须遵循三个月的投稿时间。结果不到三十天，稿子便寄回来了。她节省了我两个月的时间。

我感到我不再孤独了。捧着她的附信，读着她娓娓道来的温和的话语，我感到一股暖流从心中缓缓穿过。

我们素不相识，远隔千山万水，我们之间没有任何利害关系使她这样稿山拨冗，对于不成熟的稿子，她完全可以大而化之省心省力地将其废黜。

但她非但没有，甚至连稿子的边角翻卷处也被她抚平。也许她要说这是她的工作，应该的。但我心中仍激荡着被关爱的感动。于是，我便写下了这篇文字，同时，我也在用我的心与她共铸"与人善行，暖于布帛"的灵魂的诗行。

忘却的自己又重新回到桌前。许多日子都是这样，百投而无一中的时候，总是认为是自己不够努力或是努力的不得法。

我又想起那位可敬的女编辑，我完全凭感觉判断她，她具有人格的魅力和吸引力，这是真正活的营养和维生素。

　　现在退稿很少，几乎绝了。2012 年 12 月 11 日，我接到《雨花》杂志没有署名的编辑贴邮票寄来的退稿附言，附言是在稿件上方写的，用的是铅笔：缺剪裁提炼。在稿子第一页中间划去一部分文字，是红色的水笔。这位编辑我不知道是谁，我也没有刻意打听，这封退稿我至今保存着。

>>>

如果做好心理准备，一切准备都已经完成。

——莎士比亚

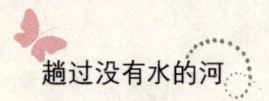
闲话"朱电大"

人生苦短，聚散不定。留一份心空给自己，也要留一份心空给别人。

一个人，一个家庭，不能没有常走动的朋友，如果一旦有这样的朋友，让你苦不堪言但又能让你做到宽容、耐烦，那就是不容易的了。

认识"朱电大"很偶然，其供职于某机关，年龄三十仍单身，因为言谈常提醒人她是电大毕业，因此得了个"朱电大"之称。

自从认识朱电大后，她常常穿过几条马路到我家，她快言快语且满面春风。我的女儿当时四岁很喜欢家里来人，只要朱电大一来，我那如一潭静水的三口之家，一下碧波荡漾，浪花朵朵。

开始我把她当客人待，后来她逐渐一天一趟，一天数趟，晚饭后泡的时间更长，我也就一边陪她一边做家务。她高挽衣袖，口角生风非常能说话，而且两条粗壮的胳膊不时抡舞，手势相当男性化。

留她吃饭，她也不客气地坐下。旁人未及伸筷，她便开始闷头扫荡，一碗饭下肚，突然地站起身，反客为主，为张三挟块菜为李四挟块菜，最后端起汤盆泼泼洒洒淋淋漓漓往自个碗里倒。饭后，递毛巾让她洗脸，她只擦一把，便把毛巾扔在水里不管了。

朱电大还养成一个习惯，逢周六必来度"周末"，电视不到"再见"不走人。好在女儿尚幼未及学龄，丈夫又经常出差在外，也没多大影响。

有一天夜晚看完电视后，外面下起了大雨，想到她一单身女子回她的住处还有不近的路，便留她住下来。

睡至半夜，其鼾声大有五洲震荡风雷激之势，我以为外面还在下大雨，推开房门，早已雨住风停，空气一派清新。再回房间，其不仅鼾声如雷，且四仰八叉睡态狰狞。

随着朱电大的频频到来，邻居们惊诧不已，连很少在家的丈夫都嫌烦，有谁比我心里更烦呢？特别是在午夏，丢碗想午休，这时朱电大上门来了，虽然有时说了三两句话就走，可你得应付她，她走好长时间还觉得屋子里有个人，楼梯处还响着男人般重重的脚步声。

吃过晚饭，是家庭里的黄金时间，可她天天来泡，又能有多少新鲜的话题呢？有的话像泡了三遍的茶叶，早变了味了。我开始后悔认识她，我很烦，多次想下逐客令多次张不开口，一次我自以为得了法子。

那是我读到的一位日本作家的回忆录，那里面说他有一个"无家累"的朋友，常去打扰他，为了摆脱，他便频频地上他那儿。

于是我从中得到启示，如法炮制，我主动跑到朱电大的住处，朱电大不小的房间却叫人站没站的地方坐没坐的地方，况且她非常被动。这倒也算了，此后，她还是一如既往地往我家跑。

后来我又向一好友讨教，得一秘方：装死。就是任她怎么敲门，就是装死不吭声。

我正准备付诸实施，外面传说朱电大要调走，朱电大自己也说要调走。

不久，朱电大果然调走了。那天下着雨，只有我和汽车司机帮着搬行李，朱电大走得很寂寞。

朱电大后来来了一封信，说我人好，心气绵和，家里又宽敞又干净，并且有自知之明地说：自小爱串门，端碗饭能蹓半条街。随信寄来一张照片，赤脚站在沙滩上，面相和《芙蓉镇》里扮演女书记的演员徐松子很

相像。

我把她的照片放在镜框里，来人见了大惊小怪，对她的言辞总是贬多褒少。

说朱电大仪表不佳，风趣索然，在单位不拘小节是出了名的，一杯茶喝得吸溜溜响，除了有一张电大文凭，没有一样别的长处。

我想，朱电大最起码是真实不做作的，虽然这真实让人难以接受，但毕竟我接受了，虽然接受得不耐心，接受得处心积虑烦躁不安，接受得暗想点子讨馊主意。

毫无理想而又优柔寡断是一种可悲的心理。

——培根

附庸风雅

清末小说家吴趼人对"附庸风雅"有一种说法：那班盐商明明是咸腌货色，却偏要附庸风雅，在扬州城造了不少花园子……

　　每年新春，本地文艺部门都要集中一些人来座谈，畅谈新春。来者大体是与文化有关的各行当里比较出类拔萃的人，比如写作、书法、绘画、音乐、摄影等。名曰座谈，实则雅聚。

　　会议签到簿精美大方，像大红的请柬，来的人个个精神抖擞，以文会友，简单仪式过后，活动才算真正地开始。

　　大家呼呼啦啦一起帮着拉开条形长桌，铺开大宣纸，几位书家拉开了架势，当场挥毫，一管在手，笔墨如风行雨散，润色花开，汪洋恣肆，充盈大气，无不令人叫好。书家们的成就我早已耳闻，但现场泼墨，我还是头一回目睹。他们每人来一幅，书毕，压上自己的印章，即金盆洗手，表现出大大的"范儿"。名气小点的，和气平和，如遇喝彩，还会再来一张，谁要谁拿去。我挤上前，想要，但我又不想二三流的，想索那顶尖的。虽平日见面客气，但真想要字，人家根本不理。站在我旁边的人悄悄提醒我：书家们的字都在外卖钱，不轻易送人，你懂的。

　　平时道听途说，说某书家的字从不随便给人，连教学生用的草稿也一

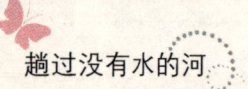

并卷走。不仅一人是这样，很多都是这样。由此想到作家蒋子龙的一篇文章，说天津很有名望的老书法家宁书伦先生（已过世），自称贫民书家，甘肃农村农民新屋里也会有他赠送的墨迹。几十年下来，为数不清的认识或不认识的人写字送画，有人告诉他送多就不值钱了，宁老不以为然，说：我衣食无忧，社会待我不薄，我除了写字没有其他本事。要字的人多，说明人家抬举我，也说明我这人还对别人有点用处，何乐不为？

碰到这样一位毛笔软，心肠更软的老书法家真是好运气。我运气不佳，但不怨天尤人，自查自纠，自个儿肚里墨水浅，只识得农舍土屋门楣对联上的毛笔字，却附庸风雅，赖上书法了，不禁想起清末小说家吴趼人对"附庸风雅"的一种说法："那班盐商明明是咸腌货色，却偏要附庸风雅，在扬州盖造了不少的花园子……"

>>>

人类的智慧就是快乐的源泉。

——薄迦丘

家有高考女

家有高考儿，家有高考女，是天下所有做父母共同的无奈，也是共同的期待。

2006 年高考，虽然过去好多年了，至今仍刻骨铭心。作为一个考生的家长，我体验到了一个母亲当时全部此起彼伏的心情。

当年女儿备战高考，厉兵秣马，日子是一天天平缓而又紧张地度过。作为家长，能做到哪些？做到什么程度？我也曾虚心地请教过不少有成功经验的人，虽获益甚多，但我还是不知道，作为孩子的家长，我们到底怎么做，对孩子才能宽严适度不会事与愿违呢？到底怎么做，我们的爱才能成为孩子进步的台阶而不是束缚的绳索呢？可是除了为她做好现成的一日三餐，其他的事情还是老牛掉进枯井里——有力无处使。

无处使也得使啊。最起码要过问她的成绩，"一模"考得怎么样？"二模"多少分？"三模"？尽管我们时时关注，但我们也不贸然地问，只是在饭桌上吃饭的时候，才小心翼翼地提出来，然后是急切而又装作漫不经心地等待，等待她给我们一个满意的答案。但女儿似乎并不愿回答我们早已积累的问题，于是我们不再问。孩子不愿说，家长就不要问，这是我从"考生家长须知"里得来的。这一本小册子每天晚上被我像研读经典名著那样乐此不疲地研读，然后照着做。我在这样一个漫长而又短暂的临近高考的日子里，体验着一个母亲殚精竭虑，滞前退后的尴尬心情，但同时也受到希望女儿能考上理想大学的愿景的鼓舞，内心里痛并快乐着。

但回过头来看孩子，她似乎比我们轻松，她似乎并不在乎我超于常规的母爱。看女儿不似别人家的孩子那样紧张，我的心里就紧张了。是女儿早已胸有成竹？还是女儿抱着无所谓考上考不上的心态？依我对女儿的了解，这两样都不是。女儿的学习成绩一直是我心里暗暗的骄傲，但依照现在流行的教育观念和模式，我们希望她更优秀，问题是女儿并非如我们所愿。我和她爸爸都曾对她耳提面命暴跳如雷过，然而我们的霸权和暴力只能是压制孩子。我们是失败的家长。我们开始反思自己。

女儿小时候学习很主动，那是她有一种求知的渴望。但当后来的学习变成一种苦役，一种竞争的压力，学习的兴趣一下消失殆尽。那么，在家庭营造一个民主的氛围，轻松的环境，施之于正常的家庭教育是摆在我们面前一个首要的问题。让我感触的是，几年后的今天，看到有人请教一位教育学专家是如何教育自己子女的，那位专家说："我的教育方法就是不教育"。"我很自然地培养孩子学习的兴趣，孩子一旦有了学习的兴趣家长就再也不用操心了"。

但孩子的学习兴趣也不是那么好培养的呀，我的女儿像许多独生子女一样，唯我独尊，没有集体主义概念、爱国主义思想的表现，但是在听到泰国歌看到升国旗的时候才能心潮起伏眼睛里涌动盈盈的泪光，这说明孩子骨子里是一个积极健康、人格健全的孩子。我们因势利导，以谈心闲聊的方式和她沟通。我想，生活中的启迪和教育无处不在，只要大人巧用心就可以有效地激励孩子。我对女儿说：知识是一个人的力量，知识能改变一个人的命运，你将来要想活出人生的精彩，现在正是打基础的时候，你想不想活出人生的精彩？女儿说她想活精彩。

其实，在伴随着女儿成长的过程中，我早已以我自己的方式潜移默化地影响着她，推动着她，激励着她，让她的思想理念逐步由厌学或被动地学转变为"我要学"。比如，每天晚上她在房间里写作业，我就在她隔壁的书房里读书写作。我们彼此贴近，心息相通。

6月7日，让人惧怕而又盼望的高考终于来到了。记得上午考完后女儿回到了家，因我事先就熟知"考生家长须知"，不要进门就问孩子考得怎么样，于是像平常一样招呼她先吃饭，然后我没有多说什么，借口吃过了便进了卧室休息。在卧室里，我却竖着耳朵想听到女儿吃饭咀嚼的声音，如果她心情好，考出了好成绩，她吃饭一定会"叭嗒、叭嗒"有滋有味地咂嘴，可是好长时间也没听到那个"叭嗒"声，甚至连调羹碰瓷碗声音的脆响都没有，我的心凉极了。耐住性子又听了一会儿，还是没有动静，我沉不住气地跑出来，只见餐桌上早已菜光碗净，女儿趴沙发上睡着了。

下午女儿精精神神地骑着自行车赶赴考场。一天考下来，我还是没有多问，尽管我的心里七上八下的。三天后，孩子高考结束，本以为这下可彻底解脱了，其实不然。高考不仅是个选拔性极强的竞赛，也是个系统工程：估分、填报志愿等。估分要准，填报志愿要巧，既避免高分低校，又不至于分数将将巴巴，希望会像是走在悬崖边缘的薄刃上，说坠落就坠落。

时间不长，分数下来了，成绩还不错。不久，网上公布了录取结果。十天后，女儿正式收到了浙江某大学法学专业的录取通知书。

此时此刻，从备战高考到结束，近两个多月揪成一团的心，突然地放开了。

在那场残酷而又激烈的竞争的过程中，我和女儿都感受到了那场没有硝烟的战争和那最后的胜利。

但是，考上大学只是人生第一步。中国高等教育已由精英教育转向大众化教育。大学生作为天之骄子的时代已经终结。我对女儿的赠言是：最好的大学是自我教育的大学。

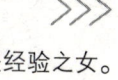

智慧是经验之女。

——达·芬奇

小城女子

小城女子和大城市的女子都是一样的。小城虽小，但不是一潭死水，是一汪清泉；小城女子就像是清泉里鲜活的小鱼虾。

一条僻静的小街，迎面过来一个很阳光的女孩，头发漆黑闪亮，虽长相平平，但给人春风扑面的清爽。

她在路边的冷饮店买了一只冰淇淋，她一边走一边想吃掉它，在揭开纸盒盖时，却发现附近没有垃圾桶，她照样边走边吃，但那纸盒盖却被她斯斯文文地攥在手心里。

这是谁家的女孩？无拘有束，君子慎独，令我和先生不约而同地交换了一下欣赏的眼光。

女孩像阵风从我们身旁掠过，但却给我们留下长长的思考：那女孩随着年龄的增长会成为一个女人，成为孩子的母亲，她的孩子又会有着怎样的成长？

爱读书的女人不多，小城尤少。我有一个朋友，虽然人长得漂亮，但像草木一样没有思想，有人称她是胸无点墨的"俗骨美女"。

如今，她红颜已褪，容貌不再是她骄傲的资本，炒股赚钱又成为她新的生活目标，而我至今不能认同钱财的巨大积累就意味着人活得更有滋味这一价值判断。这个判断在我的朋友身上得到了验证，她很有钱，但她说她还是很空虚，没有自我。

有一天，我借给她几本书，没想到，她读完不仅陆续向我借，自己也喜欢买书了。后来再见到她，她的状态竟与往常迥然不同，不但收敛起有钱人的架势，而且话也说得耐听，人也耐看了。

几本书便撑起了她精神的大厦，这太神奇了。在较短的时间内，书的灵光驱赶了她的浮华和虚荣。更可贵的是，她的脸上岁月的风尘怎么也抵挡不了由她的内心和智慧滋养出来的坦然的光泽。这光泽是一种言辞，透露着内容，意蕴悠远。

小城女子是多面体的，也是全方位的，有着都市女性的千千心结，更有着都市女性的神采飞扬。

小城女子呈现的一切，就像树上的叶子那样随意、飘然。

小城女子的故事，也像树上的叶子那样没有两片是相同的。也许有人说，小城太小，没有什么特色，其实小城女子就很有特色，她们气质不俗，热爱生活，这本身就是一道最亮丽的风景。

灵感全然不是漂亮地挥着手，而是如健牛般竭尽全力工作的心理状态。

——柴可夫斯基

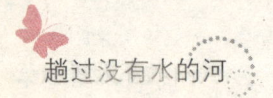
比肉还软的刀

在真理面前，有时刀真的比肉还软。

小刀手，我们这里指的是菜场卖肉的人。我家附近就有一个菜市场，我常去那里买菜，也常和小刀手们会个面，这是必需的。因为，我的身体需要他们，我们一大家人的身体都需要他们，准确地说，需要他们刀下的肉。不然，会体力不支，会头晕，会四肢乏力。我们的身体需要适时地吃些新鲜的猪肉来补充营养。

对猪肉，我心里自有一番掂量。要成色鲜亮，最好是黑皮猪肉。对猪肉异于其他肉类的喜好和敏感，这完全源于小时候到农村亲戚家看杀猪吃猪肉的一次经历。记忆里对猪肉的认知、感知，也许就是从那个时候开始的。

好像是 12 岁的时候，作为城里的一个小女孩子，第一次到农村亲戚家，正是将近年关的时候，村里家家户户排队等着杀猪。喂养了一年的猪，等到年关来杀，是庄户人家最大的盛事。先是早早地准备好一只接猪血的大脸盆，然后，烧几大锅开水，清理好家门前的场地，一切准备就绪，杀猪匠便上场了。他们配合默契，刀法娴熟，动作麻利，然后，净了身的猪被挂到匠人自带的铁架上，他们用一把快刀自上而下锋利地将猪身从中间划开，顿时露出一肚子的花花世界，杀猪匠一条一条将肉割下，主人家的大人和小孩便一盆盆往家端，当最后一个猪头和一根猪尾巴拎回家时，这一活动就算宣告结束了。

当天晚餐，亲戚家架起柴火烧了一大锅肉，土养笨猪肉的香味，从那时起，就深深地扎根在我的味觉里，以至于我长大成年自己当家过日子后，每每到肉案上买肉时，总是下意识地寻找当年杀猪匠手下一条条色泽鲜亮的猪肉，买到过，但再也吃不到当年的那个味了。

现在的确很难吃到以前农家人一年只喂养一头猪的肉了。现在的猪肉，大都是工厂流水线似的饲养的猪，这倒也罢了，不要在饲料里放这个精那个素就不错了。我想说的是，常常在买肉的过程中，小刀手们也常常给我们来一手。

每次来到肉案前，我尽可能地多跑几个摊位。有的小刀手热情有加，但肉案子上的肉不是像馊了的西瓜瓤，就像是发了炎的伤口。但有的摊位让我眼前一亮，小刀手见我识货，忙说这是山里人自家喂的笨猪，说着"刷刷"几刀，就等着收我银子了。等我回到家打开，肉是好肉，可切得太不地道了，瘦肉只有刀片一般地薄，底下的肥肉"长城"一样的厚，一定是刀法上做了手脚，先轻后重，切到三分之二时，重刀歪切，于是乎产生了这样的局面。算啦，我不能端着锅去找人家。

有的小刀手厚道，整个猪肉大有打土豪劣绅为顾客着想的气概，一块一块，一条一条，肥瘦搭配，主随客便。而有的就不厚道了，我最近就遇到过一回。一次临近中午的时候，我在一个肉案前迟疑不决。只见小刀手手里的小刀飞快地闪了一下，一块肉就飞到了我的面前。这块肉，准确地说，这种肉，我是有印象的，记得当年杀猪匠完成工作后，最后将一块肉远远地抛了出去，扔给了狗。我诧异于庄户人家一点也不心疼，反而嘎嘎大笑。原来这块是"糟头肉"，是猪身上最差的肉。

现在，这样的肉就要卖给我，我的不满立刻就表现出来了。

"不好，你说哪里不好？"小刀手是个40岁左右的男人，一脸凶悍相，

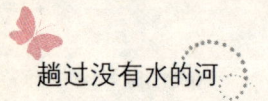

同时，还用手里的小刀把肉案敲得当当响，以势镇人的样子。

"这块是什么肉，你自己知道。"我态度很坚决。

这时小刀手的刀尖似要直抵我的心窝方向，逼视着我。我也不胆怯，也直直地逼视着他。小刀手一手提着刀，还是催着要我买，他手里的刀，让他底气十足。

"难道真的要我来告诉你，这块是什么肉吗?"我不但没有买的意思，我还要追问他。

这时，旁边已有人围观，有几个上了年纪的老人，他们当然识货，当时就说了公道话，这时小刀手像泄了气的皮球，端个茶杯，佯装找水喝了。

作家格致说，她买两样东西，一个是肉，一个是西瓜，不敢同卖主理论，更不敢争执，因为这两种买卖都有刀参与。在刀面前，人只是一茎青草。

我与格致的观点不同，比起"杀人不见血的刀"，我更愿意正视面前一把活生生的刀。我坚信，有的刀，看似尖利、逼人，有时它比纸还薄，比案上的肉还要软。

智慧的可靠标志就是能够在平凡中发现奇迹。

——爱默生

第五辑

山楂树随想

我爱一首好听的歌，爱一句温暖的话，爱一个真诚的微笑，爱一杯岁月酿造的美酒。

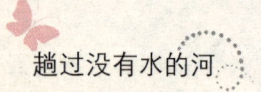

琅琊古亭遗韵

我家住滁州，有朋友自远方来，我都要带他们去醉翁亭找欧兄阳修玩。

　　"迹以名重，地以人传。"位于滁州西南的琅琊山，树木耸天，森林苍翠。在琅琊山的怀抱里，一座苍朴的古亭如盆景般洇染而出，那便是欧阳修著名的散文《醉翁亭记》里的醉翁亭。

　　醉翁亭，北宋庆历六年，即公元 1046 年，欧阳修被谗毁贬谪到滁州任太守时而得名。这个亭子原本是一个无名亭，修亭的人原本是一个无名僧，然而，因为一个人的到来，这亭便有了名了。"修亭者是谁？山僧智仙和尚也。"

　　正是烟雨空蒙的天气，我走在琅琊古道上，像是走在"野芳发而幽香，佳木秀而繁荫"的意境中。因此，我急于要走近那座古亭，急于要走近那个自号"醉翁"的人。

　　在走近他之前，我先是把自己沉浸在《醉翁亭记》里许久，然后，又埋首其间，寻觅他另外的行踪，如《丰乐亭记》、《秋声赋》、《相州昼锦堂记》等煌煌笔墨，为的是想知道他更多些：他浩气盈胸的文风，他腹笥充实的文章之道。正是他的文章之道，扭转了自晚唐至五代以来整个浮华雕琢、佶屈聱牙的文风，让天下文章一下子豁然荡开，流畅婉转一泻千年。

他被贬到滁州时，年38岁，是生命如日中天的年纪。一个志向高洁，却受到诋毁；行为方正，却被谗言所伤的人，他没有在权力之间苦苦争斗，而是摆脱污泥浊水，超脱于浮尘之外，是滁州的山水抚慰了他落魄的人生，还是人生的磨难冶炼了他的灵魂？

据说他喜欢这里的地方僻静，又喜欢它的风俗安宁，因此，太守经常在亭子里与人下棋吟诗，碰杯喝酒。客人里没有名卿显宦、巨贾富豪，有的是仗义疏财的侠客，有的是满腹经纶的秀才，更多的是芸芸百姓。太守与客人杯与杯交错，心与心相接，情到深处，太守喝醉了，太守其实喝得并不多，太守是"醉翁之意不在酒，在乎山水之间也！"

一个遭谪的贬官，仕途的失意，人生的坎坷，要消沉尚可消沉，论哀怨亦可悲之，而欧阳修却不怨不艾，不气不馁，"达于进退穷通之理，达于此而无累于心之境"，此等襟怀，谁能领会得来？诚如他自况："虽机阱在前，触发之不顾。放逐流离，至于再三，志气自若也。"

欧阳修为政时宽容简约，不追求所谓的政绩，也不追求声誉。他认为不给百姓乱添麻烦就是个好官。但宽容并非纵容，简约并非马虎，有人问他："为政宽简，而事不弛废，何也？"欧阳修说："以纵为宽，以略为简，则政事弛废，而民受其弊。吾所谓宽者，不为苛急；简者，不为繁碎耳。"他深知天下之乱因百姓先乱，百姓安宁而天下不乱。这却成了他一次次无辜遭受心术不正小人的诬陷，一次次被贬谪的原因之一。

关于欧阳修的身世没有多少文字记载，无法考证，但从他的文章中，足以观照他的个性和内心世界。"醉翁之意不在酒"，是他与自然默契的交融，也是他所向往的生存状态，平安而久长，凡俗而自足。

欧阳修的人格力量沿袭至今，环滁儒风盛炽。凝重厚实的人文历史，

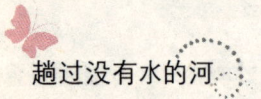

博大精深的儒家文化，千百年来，为滁州披上了浓郁的文化色彩，使滁州早已形成了一种独特的文化氛围，历代从滁州走出的文人墨客，辞赋书画，都能从欧阳修那里追寻到精神的源头。

文以山丽，山以文传。漫漫琅琊道，清清酿泉水，让原本一身俗世尘埃的我，在返程途中落定，在迷与悟之间，变得纯粹、安宁。

患难困苦，是磨炼人格之最高学校。

——梁启超

庞贝的末日

全世界都知道庞贝古城。那个曾经繁华的城市。那个陷于一场混乱的城市。那个死亡的城市。

最早知道庞贝，是看到苏联一位画家的画作《庞贝末日》。至今仍记得当初看到这幅画时一种灾难临头无处可逃的惊惶。

2007年7月，"庞贝末日——源自火山喷发的故事"世界展在杭州美术馆展出。

那个被灾难毁灭的城市又一次重新而又具体地呈现在我的眼前：经考古学家挖掘后重现当日的古罗马时期的文化、艺术、稀有珍品和发生那场灾难后一具具惊人的遗骸的模型。

公元79年8月的一天，古罗马帝国最繁华城市庞贝南部的维苏威火山突然喷发，顷刻间，整个庞贝城被埋在炽热的火山岩浆下达20多米深处。1000多年后，考古学家们发现了这个被埋在地下曾经美丽的城市。不久，无数被埋在火山灰下的死者被挖掘出来。这些遇难者的遗体由于被火山灰包裹已凝成人形的灰壳，各种姿态都是面临死亡痛苦挣扎的表情。

据考古学家挖掘时发现，庞贝在火山喷发前早有预兆，也曾有过人们弃家而逃的虚慌。当时有人惊呼火山要喷发了，于是人们撇下燃着的炉火

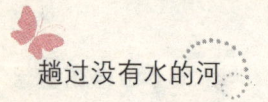
和煮着的食物，敞开大门就往外跑，往远处跑。没有人停下来冷静地思考。当各路人群惊慌失措聚集到所谓安全地带时，才知道火山没有喷发，是误传。虚惊一场的人们开始四散，全城一切恢复正常。但也有没有随大流逃命的人，他们站在自己的店铺或自家门前，悠然地看着返回来的人们，咧嘴取笑他们，并模仿比划他们逃命时晕头转向的狼狈。有人便有点不好意思，摆出各种逃难的理由，然后尽量把自己奔跑过的路程说得短些。

时隔不久，有一天，火山真的喷发了。

那一天，本是个很平常安宁的日子。阳光静静地普照大地，哪儿也没有火山要喷发的迹象。忽然人们惊慌失措尖声叫喊，因为火山的轰鸣像炸雷似的在耳边震响，等再反应过来，火山喷发已演变为强大的岩浆流高速地向这个城市侵入，蔓延，无孔不入。人们从各家各户，各条街巷汇进主流人群，潮水一样地拼命向安全地方奔跑。但更多的是还没有迈出家门槛，就被炽热的火山岩浆堵住了去路。

有一个震撼人心的母护子的苦难造型，真切地说明了当时的情况。

在从小巷往外奔跑逃命的人群中，有一个年轻的母亲，按照逃生的本能，她是能够跑出小巷，逃往安全地带的，但由于手里还牵着一个孩子，她不得不放慢奔跑的速度。孩子太小，跑不快，她也就没办法跑得快。母亲的心很急，她想跑得快些，再快些，为自己，更为孩子。可是，直至筋疲力尽，直至灭顶之灾降临。与此同时，母亲也来不及绝望，她只是本能地把孩子紧紧地搂在自己的怀里，躬下自己的身子弯下腰，以便让孩子有更大的空间。孩子虽然恐惧、害怕，但在妈妈的怀里感到很安全，这是从孩子的小手平贴在母亲的胸膛上而不是紧紧抓住母亲的衣襟得到证实的。

还有一对年轻的情侣，他们慌不择路，但他们还是手牵着手从工作的地点跑出来，跑到马路上了。他们年轻，脚力好，他们很快追赶上前面的人，他们自信能逃过这一劫，就在他们认为快到安全地带时，滚烫的火山岩浆像滚滚的浪涛追上并迅速吞没了他们。他们意识到死亡来临，他们便紧紧地拥抱在一起。考古学家们后来怎么也掰不开他们，于是，便有了现在这一对死了都要爱的情侣的遗骸。

灾难，让瞬间成为永恒。

与其说火山喷发是地质灾害，不如说是大自然对人类的警示。

今天，全球气候变暖，自然灾害频发，狂采滥伐造成的江河污染、环境恶化仍在继续。

我们只有一个地球，地球是我们共同的家园。如果说从现在起，我们还不懂得保护环境从我们身边的小事做起，从节约每一度电、每一滴水、每一页纸做起，当有一天最后一滴水真的是我们的眼泪时，这样的灾难不会亚于庞贝的末日。

智慧，不是死的默念，而是生的深思。

——斯宾诺莎

去作家班上学

在这充满喧闹与诱惑的世界，脱离低级趣味，做一个有理想的人，我只感到一种精神的清洁。这种清洁的精神，鼓励我对文学投入极大的热情。

有一年冬天，我匆匆地踏上一趟特快列车，为的是让它把我带到我要去的地方，去一所大学的中文系的作家班上学，去圆我少女时代就追寻的梦想。

时间不是很长，但却是我生命中的一次"壮举"。这"壮举"在我不易，一是我丢舍下刚刚蹒跚学步的稚女，二是克服停薪造成的捉襟见肘的经济窘境。这一切都是为我内心的渴望，为我并不明亮的内心寻找一种明亮的精神需求。

爱好文学，也许是从小受父亲的影响，也许是受老弱斯文的外婆的影响，但更多的是来自女性天然的属性。外婆是南方人，好读书也好零食，她的床头经常放本泛黄破旧的《儒林外史》和一只图案典雅的点心盒子。寒冬腊月，每晚洗脚上床，拥一床被共一盏灯，青丝白发相碰，一老一小相偎。读到半夜，饿了，从她的饼干筒里掏几块。吃饱了肚子，再换一本书，从一个世界到另一个世界，床就像一只夜航的船。

但是，那只船后来并没有把我带到美丽的理想彼岸。成年后，意想不到的艰辛坎坷和我玫瑰般的少女梦想形成了强烈的对比。我在此不赘。

境遇的改善也是在我有过一番人生历练之后。过尽千帆，我却没有丝毫轻松之感。我为什么不轻松？我应该轻松的呀。

轻松的日子却让我觉得沉闷且寂寞。好长时间我都像是在蹚着一条没水的河。没有水的河比有水的河还难越过，因为没有波浪的激励和抚爱，生命失去了流动的快慰。这是一种难言的悲哀。

为了对得起经历着的日子，对得起宝贵的时间，我想起了书，想起了从前读过许多美好的书，我把它们纷纷找来，——遴选。

一个恢宏博大，真切而又永恒存在的世界出现在我的面前。

人至成年，感情澄净，理性上升为意识结构的最高层次，面对繁星般煌煌巨著，知道哪些书值得细读，哪些泛读便可；哪类成一个系列须循序而读，哪类则单本就自成体系。

素面朝书，耽读不倦；磨砺心灵，成熟智慧。

我因读书而充实而快乐，我因爱好文学而更加崇善、崇真、崇美。

当我有了那么一番经历，当我有了读过那么多的书垫底，当我得到文学道上师友的力荐去作家班求读时，同时也得到了全家人的大力支持。

更让我赏心悦目的是，一位会画画的文友，特地送来一幅墨荷图，我明白她的苦心：不趋利近鄙，不献世媚俗，保持清醒的人格尊严，展示高洁的追求和志向……

列车奔驰，心海滔滔。列车有相对的终点，文学没有。

文学永远磨你的时间，磨你的耐力，磨你的意志。

文学也以它特有的形式，震撼你，鼓舞你，激励你。

丧失人格的诗人比没有诗才而硬要写诗的人更可鄙，更低劣，更有罪。

——雨果

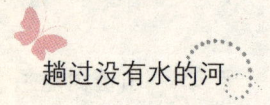
我们的世道人心和温暖人情

现如今，我们还会有多少世道人心和温暖人情。

作家梁晓声一次从西部乘一列普通列车回北京，车上人多物杂拥挤不堪，一个小伙子对他说，你坐我这里吧，我知道你是谁。于是梁晓声便和他聊了起来，说着说着，小伙子忽然伤心起来，因为列车将要路过他家乡，他要到另一个省份去做矿工，而他爸爸前年就死于一场矿难。他家乡还有一个爷爷，已经老得不能下地干活了，还有一个残疾妹妹。他不敢下车回家，不知道该怎样和家里人说。小伙子问他：听说现在矿难死一个人有二十万补偿，是这样吗？梁说，他不知道，但好像听说过，是否有条文法规他不清楚。突然，梁发现，他们周围已不知不觉围拢了好多出门在外打工的人。他们以为他知道内情，都问：一条命是不是二十万元？省与省之间是不是都一样？记不清梁晓声当时还回答了什么，我只是有一种悲怆涌上心头。

我们国家虽然综合国力增强，人民生活水平不断提高，但由于历史的种种原因，地域行业的种种差异，人们的富裕程度不尽相同，特别是天灾人祸给一部分地区，一部分人群带来意想不到的灾难，这就使得本来就困难的群体更加雪上加霜。梁晓声说不要忽视他们，不要背过身去假装不知道，要与之作比照：居安乐之场，当体患难人窘状；处旁观之地，要知局内人苦心。

梁晓声的这番话让我联想到另一件事，那是我家的一个远房亲戚，他是村里第一个走上经商道路的人。刚开始，他赚了点钱还精神抖擞，可后来，渐渐地就萎靡不振，头发零乱，佝偻着身子，抽着劣质香烟，全然没有经商多年的干练。他一开始是做鲜果生意，如果说路上堵车让一车新鲜草莓到地头变成一堆烂果，血一样的汁液一滴一滴地像是从他心里流出的血让他痛惜伤心，那么被市场上的一些黑帮恶霸强买强卖更让他愤怒和无奈了。说到这儿，他将起衣袖，大大小小的陈旧疤痕遍布手臂，像露出獠牙的兽口令人触目惊心。他抗争过，申诉过，但最终耗得他心力交瘁。

这些平常的人和事，从不同的人的嘴里说出来，活生生的，带着呼吸和热气，真实，是我们触手可及的生活的一部分。

我想起平日在办公室常见到的上门来推销的辛苦人，还有家门口收废旧物品的老年妇女、中年汉子，然而我们对人家的态度全凭自己当时的心境，更多的时候是被受其扰一脸不快的样子，然后三言两语把人家打发走掉。至今还忘不了一个上门推销办公用品的小伙子，被我不耐烦地打发走后，他还不忘顺手带门对我说声："对不起，打扰你了。"但那小伙子回头一瞥墙角饮水机时那干裂的嘴唇、渴望的眼神触动了我，我意识到了什么，但当我站起身追到门外，那沙哑的嗓音连同迅疾的脚步一同消失在办公大楼走廊的尽头……

当劳动是种快乐时，生活是美的；当劳动是一种责任时，生活就是奴役。

——高尔基

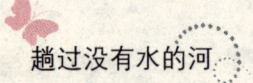
《山楂树》随想

"歌声轻轻地荡漾在黄昏河面上，暮色中的工厂闪着金光，列车飞快奔驰，窗外灯火辉煌，山楂树下的青年，在把我盼望。噢，茂密的山楂树，白花满树开放，噢，我可爱的山楂树，请你听我讲……"

——苏联老歌《山楂树》

今年夏天的一个晚上，在南方某座城市的一座金碧辉煌的音乐厅里，我听到了久违了的苏联歌曲《山楂树》。"歌声轻轻地荡漾在黄昏的水面上，暮色中的工厂闪着金光，列车飞快奔驰，窗外灯火辉煌，山楂树下的青年在把我盼望，啊——茂密的山楂树，白花满树开放……"歌曲虽然悠扬婉转，可是因为经过现代音乐的装扮，甚至有的部分串音，有的部分改调，已感受不到原汁原味苏联老歌的魅人气息。

此时，我仿佛听到从遥远的地方传来了岁月的声音。那声音浩瀚。那声音激扬。那声音包裹住了正在生产车间里干壮工活的男人和像我一样的女人。只要机器在转，马达在响，那声音就不会消失。

那是一个离城十多里，远在郊外生产水泥的工厂。那一年，当教师的父亲桃李满天时，我却因高考落榜一头钻进了工厂。记得报到上班的第一天，我穿的是淡蓝色的连衣裙，可是不一会儿，飞扬的裙角都飘洒落满了水泥灰尘的粉末。同去的很多女孩子因不适应超强度的工作纷纷选择离去。不离去但有门路的会有一个好工种。我没有离去，但我很快适应也是得益于父母的教诲，虽然他们毫不掩饰对我的失望，但还是要求我进工厂就要好好地把工做好。

厂区里偌大的场地上，每天堆有山样的石头，形状不一，坚硬嶙峋。我习惯性地绕着走，一挨近它们，我便莫明地心慌和紧张，想起"搬起石头砸自己的脚"那句让人感觉生疼的话。厂里的人叫我别怕它，作为水泥的主要原料，数小时内它们马上面目全非。也真是有缘，当确定我的工种是生产水泥的第一道工序，直接改造石头时，我竟然感觉石头它们有了温度，有了灵性，还有了人情。

我时常会随手抓起一把已是成品的水泥粉末，想象里面大部分的成分是坚硬的石头。坚硬的石头也会变成这样？变成这样，它是有用的，这能体现它更大的生命的价值。而我本人呢？我常常会被莫名的情绪侵扰，我的生命价值在哪儿呢？

一天傍晚，在去食堂的路上，路过一排男工们的平房宿舍。从一间虚掩的门里，一台老式电唱机旋转出来的歌曲像河流一样流淌出来："歌声轻轻地荡漾在黄昏的河面上，暮色中的工厂闪着金光……"虽然是俄文版，但一听那旋律，就知道是美丽的《山楂树》。

我很纳闷，这平房里住的大部分都是车间的工人，也有几个技术员，还有招工进厂的几个上海老知青。平日里看似都漠然寡趣，甚至一颗粗糙的心割得人皮肉生疼，谁会有这样的心境来欣赏这一首经典呢？

这是一种私人化极强，平静而又高雅的生活美学行为。我不知道欣赏这首歌的人是谁，但我知道，这优美的歌曲，不仅代表了一种生存的姿态，更是生命激扬、热爱生活的一个标志，是一个人在给自己的生活增加色彩。

其实我对《山楂树》早已熟悉，那是父母一辈人喜爱的经典。我甚至还知道除了《山楂树》，还有许多脍炙人口的苏联歌曲，它的译介者是年过半百，坐在轮椅上的一个叫薛范的上海男人。然而，这一切在我走进工厂的那一天起，像头发掖进工作帽里一样，一丝不露地掩藏起来了。

但是这半路上听来的歌曲，却让我激情澎湃，思绪万千，这难道是一

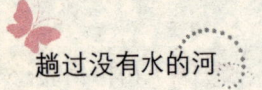
首歌的定力吗？

多年后的今天，我还是从这首歌里得到了答案，那就是爱。你不爱什么，什么就枯萎。

我爱一首好听的歌，爱一句温暖的话语，爱一个真诚的微笑，爱一杯岁月酿造的美酒。当所有的爱嬗变为乐观，向上，宽容，进取，这样的爱便是一种锻造。

我的爱还有很多。我的爱远远不止一棵白花盛开的山楂树。

智慧，勤劳和天才，高于显贵和富有。

——贝多芬

罚孩子

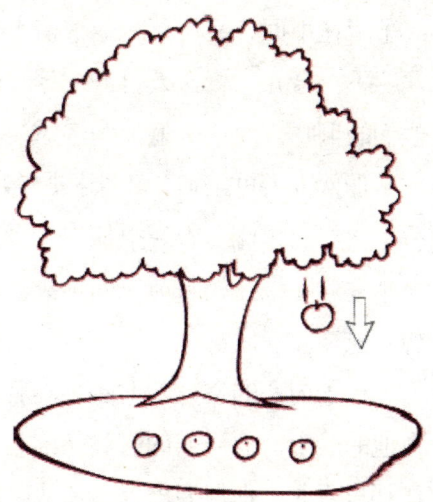

相对于城里孩子的琴声，我更喜欢牧童的短笛。

　　对面邻居家在打孩子，不知何故，平时纵容得很。我没有强拉硬劝，有时必要的体罚对孩子也是心灵的震撼。

　　这时我想起了另一个孩子。一个法兰西的英俊少年，梅里美小说笔下的小福尔图纳托。

　　那是一个经常被巨大岩石堵塞、被溪流切断道路的名叫科西嘉的小山村。小福尔图纳托的家就住在那儿。他的父亲在当地极有名，是一条血性汉子。

　　秋季的一天，父亲一大清早要和母亲出门办事。小福尔图纳托也想去，可是要去的地方太远，家里又没有人看门，因此，父亲没让他去。

　　阳光普照的时候，小福尔图纳托躺在太阳底下想心事，突然远处一声枪响惊动了他，只见杂木丛生的树林边的小路上出现了一个汉子，正一瘸一拐地向他走来。他刚中了一枪。

　　那汉子问他："你是马铁奥法尔歌尼的儿子吗？"小福尔图纳托说："是的。"那汉子又说："你把我藏起来吧，后面有人追我呢。""你父亲藏

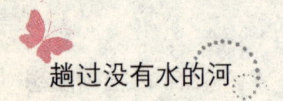

过我。"那汉子又补充道。

小福尔图纳托赶紧起身，在房屋一角揭开一个大洞上面的覆盖物，叫汉子蹲在里面，又用草把他覆盖上，并在草上放上几只小猫。

不一会儿，一伙人急冲冲地过来了，小福尔图纳托用哈哈大笑来回答他们的恫吓。他只一遍又一遍重复："我的父亲叫马铁奥法尔歌尼！"

那伙人无可奈何，正想按原路折回，这时一个很卖力气的家伙想做最后一次努力，他从衣袋里掏出一个价值很高的银质挂表，拎着表链高高的在小福尔图纳托的眼前来回地晃悠，小福尔图纳托眼睛一亮，因为他早就想有只表。

孩子内心的贪欲和对收容的客人保持信义的一场斗争，很明显地流露在他的脸上。他裸露的胸膛猛烈起伏，看来快要窒息。当他的右手终于抓住那只表时，那只表就像一团火，阳光底下，这个诱惑实在是太强烈了。

小福尔图纳托用手往草堆上一指，那伙人立即一拥而上……

傍晚，当他父亲回来知道这件事后，一把抓过那只表，用力往石头上掷去，表顿时被砸得粉碎，他问老伴："这孩子是我的吗？既然是，他就是家族中第一个背信弃义的人。"

父亲用枪柄狠击了一下地面，然后喝令小福尔图纳托跟他走。

在一块泥地松软，容易挖掘的地方，孩子依照吩咐跪了下来，当父亲的枪对准孩子时，孩子绝望地挣扎着站起来想抱他的父亲，可是，已经来不及了。

对生活抱持全面性的好奇，仍是伟大创意人员成功的秘诀。
——李奥贝纳

最佳状态

最佳状态，就是在工作中尽心尽责，并且时刻保持着足球运动员精力高度集中的射门意识。

一天，在《南方周末》报上，看到一位记者在接连采访五次重大恶性事故后，几乎是流着泪向领导请求："不要再派我去采访灾难事故现场了。"

那位善良的记者通过采访了解到，那些事故的发生本没有多少不可避免的原因，关键是涉及事故的各个环节中的各方人群，缺乏一种责任。

灾难事故难以预料也无法避免，但有没有可能尽量避免或尽量让事故少发生呢？我想起了我亲眼所见的一件事。

一次，我乘车经过南京长江大桥，当车子快行驶到大桥中央的时候，车速减慢，原因是前方刚刚发生一起交通事故，一辆大客车差点蹿到江里去。

一辆普通的大客车，避让不及突然逆向行驶的另一辆大客车，在方向盘失控，车子撞断大桥上的栏杆，车头已经悬伸出桥面的时候，车子却奇迹般地刹住了。

据说，车子刹住后，驾驶员非常冷静，他仍坐在他的座位上。但是，他又像一个指挥官那样坐镇指挥着大家，他让全车的乘客全部聚拢到后车厢，他快速地打开后车门，让大家一个一个地下车，车空了，他才离开座位，最后一个下了车。

我能想象到当时下车的乘客，是怎样缓过神来，倒吸了一口冷气的。

我没有见到那位驾驶员，只知道是一个普通的男人。他开车的意义对他来说就是谋生养家糊口。但他那会儿却像个末路英雄。他的反应是多么敏捷啊，他的驾术是多么高超啊。

然而，当我这么认为时坐在我身旁的一个老者却说话了，他说，他其实是保持了"最佳状态"。

最佳状态，就是在工作中尽心尽责，并且时刻保持着足球运动员精力高度集中的射门意识。

从那位驾驶员身上我看到了：在关键时刻，什么样的人，什么样的行动，才最令人感动。

保持最佳状态，就是保持我们祥和、安宁、幸福的生活。

对搞科学的人来说，勤奋就是成功之母。
——茅以升

激扬的踢踏舞

足之美、力之美、音之美、精神焕发的人之美。

第一次被一种舞步的声音所震动，是在看爱尔兰《大河之舞》的踢踏舞表演时。狂热的踢踏舞迸发出那么奇特的声音，那声音是多么美啊，我对那声音有一种天然的感应，我为此兴奋不已。

舞台上，如一畦青葱般身姿挺拔的年轻男女，如飞的舞步，激扬的踢踏声，时而强烈时而悠扬；时而委婉时而铿锵；时而如洪流激浪；时而荡气回肠。矫健快意，让人热血沸腾心潮激荡。

较之爱尔兰的《大河之舞》，美国年轻的黑人踢踏舞大师塞翁表现的是一种更加强烈的风格和复杂多变的节奏。爱尔兰的《大河之舞》是每秒32下的拍击，而塞翁双脚踩出的一连串快而猛烈的节奏让你真的永远无法知道他究竟拍击了多少声。那紧密急骤的节奏，震撼胸膛，仿佛那踢踏声不是从他的脚下而是从地下蹦跳而出，让人感到踢踏不再是一种纯粹的拍击，而是一种情感的表达、一种音乐的节奏、一种"足下抒怀"的激越境界。

我想，每一个欣赏过踢踏舞的人，都会接受这种生命之乐的冲撞和震撼，即使上了年纪的人，也会捞起岁月的时光，呈现一派饱满激扬的青春气象。

努力学习，勤奋工作，让青春更加光彩。

——王光美

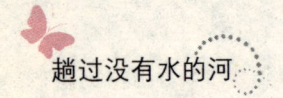
文友的书

女人，是一本书，一本她自己的书。

隆冬季节，受一位文学友人的委托，帮助她促销一些书。

这位友人远在北方，我答应帮助促销并不是我有多大的能耐，而是因为我曾读过那本书，知道它的价值及诞生的艰难，我了解那位平常女子对写作是怎样的孜孜矻矻细细密密，我知道在她近四十年的生涯里，有过多少无奈的叹息、多少苦涩的泪滴。

她的丈夫在电话里说，"她不是快手，所获全靠时间和功夫。十多年来，终于出了第一本散文集，出版社要她包销1000册，幸好有朋友的提醒，她才想起作分散处理的。"

我说："弄100本来吧，我销销看。"文友心不贪，没多久，便寄来了50本。

当我雇一辆三轮车把这堆书带回家时，家里人认定我惹麻烦了。是呀，如果这一堆不是书，而是什么肉，比如马肉、驴肉，或是什么更稀奇的物品，不要一刻钟，就会脱手，就会卖得干干净净。然而这是一堆书，一堆常人懒得问津的书。

我先不急着寻销路，我就像领了一个别人家的孩子，眉眼手脚端详够再说。

那是本怎样的散文集啊，虽不能说是篇篇华章，页页锦句，但每读一篇，都会使人对人生充满无限的信心和深情的向往，这样的好文章应该让更多的人读到。

有这样的想法，促销的劲头便来了。在考虑促销办法时，我首先想送到书商那里，但怕他们只会狮子大开口伸手要利润；托人找关系放到书店代销吧，老板可能为"自家的姑娘正愁嫁"呢！思索再三，只有一条途径，去找同学和朋友帮忙。

打定主意后，便拿出平日做事干脆利落的风格，列出一串人员名单，然后一一登门造访。

三言两语说明来意，真心爱读的，我的来到对他们来说真是意外的惊喜；似爱非爱的，也乐意买本读读；根本就不爱读又碍着面子的，没关系，"书是人类进步的阶梯"，不就半公斤排骨的价吗？

就这样不出三天，50 本书一销而光。这么快，始料未及。只剩下文友签名赠送的一本，再细读，庆幸没有白忙活一场。又后悔不该那么急促，担心有明珠暗投的地方。

认识文友已有数年，那年她应邀来到我们滁州，参加第一届醉翁亭国际散文节，我与她见过一面。仅一次相聚，长天白日往复四季，十年的光阴已经走远。

十年里，间或传来她的音讯，出书是去年的事，除了她自身的努力，也包含许多散文道上恩师的指点、朋友的促进。

夜半更凉，我尤为欣赏她在后记中的坦述：每每从稿纸堆里拔出脑袋揽镜一照，劳心耗血早就熬干了仅有的那抹颜色，但这并不使人悲哀。在强调自己的个性上，她认为写作真好啊，可以避免世俗的许多烦恼，可以不在乎利益的你多我少，不在乎认识与否相处长短，也不在乎飞短流长，男人对你是否有爱。总之，女人拥有一笔精神财富，就拥有自己一个完整的世界。

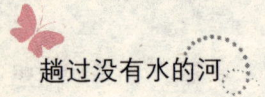

　　真不简单呐，看似平淡的女人，却有如此丰富的心灵，幸好有这本散文集，了解一个人，是多么方便。

　　我喜爱读散文，不是因为时尚，是一种需求。它使人情感丰富，高尚文明，从而使人更和谐地生活在这个世界上。

智慧表现在下一次该怎么做，美德则表现在行为本身。

——约尔旦

经经纬纬也是情

"太阳太阳，像一把金梭；月亮月亮像一把银梭，你来织，我也来织，共同编织我们美好的生活……"

——摘自一首好听的歌

只要梭子在飞，织机在响，那絮絮绒绒就会往车间门外仓皇而坚定地涌去。

织布机震得轰天响，它们每一声喧嚣都把身上的絮毛绒利索地抛洒出来，于是，车间里的每一缕空气都仿佛渍了许多的沉重。

门口有亮光的地方，那在光线照射下愈加清晰的絮毛绒像河流一样流淌且充满色彩。当从我手里"飞流直下三千尺"的时候，我岂止是在操纵机器，我是要把世界上所有的温暖都织进棉布里去啊。

空中不再弥漫毛絮。条条人影从机架后闪了出来。我最后一个拿着饭盒。在去食堂的路上，厂区里的宣传栏前，我看见了一个挺拔帅气的身影在抄写女工们的日产数字，他是新来的大学生，他那一手漂亮的粉笔字常使我觉得用错了地方。

我常和他相遇。有时碰巧在食堂里的一张桌上吃饭。一次，他端着搪瓷碗挨近坐下，他的目光很柔和也很深沉，像深深的海洋，里面掠过浮云也映照蓝天。

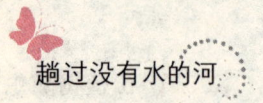

从此，一种无可言状的情绪突然笼罩了我。他的身影在我的眼前晃动，他的微笑在我的眼前飞舞，我在意他是吗？他深情的微笑给我带来那么多的温馨是吗？为什么看见他的时候又不看他，看不见的时候又心乱如麻？我经常三心二意心神不宁，织布机这时也常常对我产生"抵触情绪"，常常会在我临近下班的时候，突然出现"弦弓崩断"，眼睁睁地看见几把木梭在厚密的纱层里"对撞"，瞬间便崩断细纱无数。那几百根和头发丝一般细的断纱傲然侵犯着我，我的心泛起了难言的苦涩……

我在那看似轻巧实则繁累"扎扎千声难盈尺"的纺织厂埋头苦干了三年，创造了多少万米无疵布我记不清了，但不论我后来走到哪里，在什么地方，只要有成匹的布跳入我的眼帘，我便会强烈地感受到在那经纬交织的缝隙里拥有我的气息、浸有我的汗滴、注入过我的深情。

精神的浩瀚，想象的活跃，心灵的勤奋：就是天才。

——狄德罗

有一次放电影

我曾经在工厂里当过几年的电影放映员，有一次放电影，突然把死人又放活了。

那时工厂里的情景使我想起一本小说——《沸腾的生活》。在那时的沸腾的生活里，厂里工人的文化生活非常丰富多彩，其中之一就是每个星期放一场电影。那时还没有专门放电影的剧场，都是露天放映，就是在篮球场上竖两根铁杆，再绷上幕布，然后在保持一定距离的地方架上一台16毫米的电影放映机，露天影院就算搭成了。

记得是在夏日的一个晚上，电影放到一半，天气突然变化。乌云密布，雷声滚滚，接着又起风，风吹得幕布不停地抖动，幕布上的人都蹦蹦跳跳的，这时有人主动来帮忙，把被风吹松了的幕布拉紧，使电影正常放映。

不一会儿，风渐渐地小了，但天又像是要下大雨，我感到头顶上有阵阵雨滴的凉意。按照往常惯例，雨要下大，就要停止放映了，这对放映员来说，是最不愿碰到的事，对观众来说更是如此。

我先是祈望雨不要下来，再就是盼望放映机快点运转、影片早点结束。但我知道，这是徒劳的。我无法改变现实，我无法阻止天下雨，我无

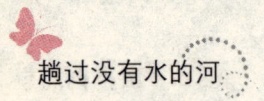

法加快放映的速度，放映机里的电影拷贝永远都是以每秒钟 24 个格子运转。

我一会儿抬头望望天，一会儿又望望天。谁都没有在意到我。观众都沉浸到剧情当中去了。好在只剩下最后一盘拷贝了，因为是单机放映，中途换片的时间以前是用分来计算，现在看来要用秒了。

还好，非常顺利，换片只用了数十秒的时间，年终考核看来不成问题了，正当我沾沾自喜宽舒一口气的时候，观众席中一片哗然，我还没弄清怎么回事，就听到一阵阵尖利的呼哨声、叫嚷声、哈哈大笑声。

怎么回事？难道放映效果出了问题？没有啊，焦距是准确的，人是清晰的，音量也适中，错在哪儿呢？这时有人提醒我说是死人又活了。

十分钟前还死得直挺挺的人，此刻正吹胡子瞪眼睛怒发冲冠大发雷霆呢！原来，我把片子放回来了。

我记不清是怎样快速调整过来的。但那会儿老天好像很善解人意，风停了，雨也没有再下。

电影放完了的时候，又是一个风清月朗的夜晚。

第二天，在厂里遇见厂长，我远远地绕道走，厂长却笑呵呵地老远向我打了招呼。

在天才和勤奋两者之间，我毫不迟疑地选择勤奋，她几乎是世界上一切成就的催产婆。

——爱因斯坦

办公桌上的事

办公桌上的事，大事是事，小事也是事，事事是事。

　　我做文案工作20多年了。我的这个单位是公益性的事业单位，有二百多人，大多是在马路上工作，是环境卫生保护的王牌军，是"宁愿一人脏，换来万人净"的环卫工人。有一部分人，是所谓的行政工作人员，但每逢有突击活动，办公楼里的人倾巢出动，都要去大街上打扫卫生。没有突击任务的时候，各负其责。日子就这样不紧不慢地过着，工作就这样不紧不慢地干着。

　　像我们坐办公室的，是为一线工人服务，是为他们提供后勤保障的。然而，近年来，环卫办公大楼也像政府机关一样忙碌开了。且不说其他，就说我的办公桌上吧，文件、材料占据一大半。一会儿这项检查需汇报的材料，一会儿那个材料要上报，整天忙得团团转。这不，上面又要来人检查城市环境卫生，办公大楼一个不能留，全都要上街干活。但这次检查，我这个办公室主任需要留守了，因为有任务。主管局派人送来"创先争优"知识竞赛的试卷，按单位人头，我们是200多份，试卷其实也就是A4型电脑打印纸，上面是题目，另附一张现成的答案，要在一小时内填完，给来人带回去。我给来人泡了一杯茶，请他坐着等，来人说，我出去一会儿，等会来取。

工人们都在大街上干活，不可能回来做题目，每次这种事情，都是办公室里的人代劳。这次办公室只有我一人，我只有捋起衣袖自己干。厚厚的一大沓雪白的 A4 电脑打印纸，有的标题下面是密密的空白圆圈，正确的答案就在里面涂色，不正确的就不填。有的是括号，括号里对的打钩，不对的打叉。既然有现成的答案，照着填就是了。刚开始我还是认真地填写着，一张一张，干得蛮带劲的，一份一份填好，摆放整齐，但填着填着，我耐不住了，这叫什么事儿，像学龄前儿童在描红，像小学生做作业，括号里需打钩的还好，一勾就是了，空白的圆圈，照葫芦画瓢，往里涂色就是了。有的涂得满满的，有的笔尖一点，算是现场来过了，有的笔尖太细，点得像芝麻粒，在大大的圆圈里简直是"江心洲"。于是，我与其说是熟能生巧不如说是投机取巧，便找来粗点的染色笔，一涂一个点，一点就成了一个圈。我这个有着二十年党龄、近三十年工龄的人，却不得不做这个浪费纸张、浪费时间，又不做不行、必须要做的类似小学生作业的工作。

一个小时过去，200 多张差不多填好，只剩下十多张了，我没有一点工作成就感，相反，还有点怨气。有现成的答案，上面如此的"好心好意"，不如不发下来。但我能理解的是，上面也没有办法，是上面的上面派下来的任务，是走过场。既然是走过场，就有点休闲。有点休闲，我不妨给它来点娱乐。所以，剩下的十多张，我不再认真地填写。这洁白的纸张，在经我手之前，已经被浪费了，我也不必再心疼它了。我把答案扔一边，自作主张地随意填写起来。一会儿像撒种子般在一亩地里跑来跑去大面积地播种；一会儿又像点西瓜，东一个，西一个；一会儿又像下雪一样地飘飘洒洒；一会儿又像丝丝小雨，整个页面像雾像雨又像风。一口气下来，工作任务完成。稍事休息，喝口水，无意拿眼睛一瞥，这一瞥还真瞥出名堂。这哪里是试题卷，分明是一幅幅画儿。有的像山水风景，有的像农家作物，最可心的一张像是我家窗台上的一盆兰花草，没有被填空的小圆圈恰似叶片上晶莹的露珠。我正自我欣赏，来人了，他问：填写好了吗？我说好了。他看也没看，把厚厚的一沓"试卷"从我桌上捋走，夹在腋下，嘴里说着："交差去了。"便旋风般离去。我也跟着来一句："交差了。"这句是说给自己听的。

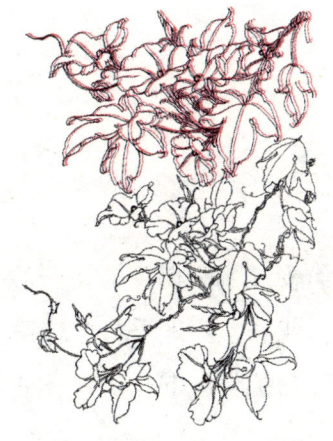

我在科学方面所做出的任何成绩，都只是由于长期思索、忍耐和勤奋而获得的。

——达尔文

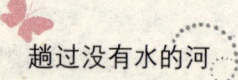
说家道事

节俭而不失自尊和意趣的生活，的确需要内心的力量去应对。我们没有富丽的家庭装潢、没有宽裕的经济让我们随心所欲。更没有朱门亲，侯门戚，实权面前，手无寸铁。

2011 年 9 月的一天，女儿周末回家，带给我一份意外的惊喜，是一本大红色盖有"中国银行业监督管理委员会滁州分会"、"滁州市银行业协会"这两个组织的公章的荣誉证书。荣誉证书写着上：

李鸿涛同志：

在 2011 年"反腐倡廉警示教育图片展"中出色地完成了讲解任务，荣获"优秀讲解员"称号。特发此证，以资鼓励！

二〇一一年九月六日

同时夹带一份表彰通报，表彰了全市银行系统优选出的李鸿涛在内的十名讲解员"普通话好，气质佳，表达能力强，严肃认真和耐心细致的讲解，赢得了参展人员的高度赞誉，充分展示了我市银行从业人员的精神风貌，为我市银行业反腐倡廉工作增添了风采……"

作为母亲，看到刚参加工作不到一年的女儿，能有出色的表现，心里有说不出的欢喜。

说起女儿从事金融工作，真是既出乎我的意料也出乎她自己的意料，更是歪打正着。因为她的专业是法学，按理应该是当律师，做法官的。

现在大学生找工作难，学法学的，也不一定就能当上法官或律师。多元化地考量自己，多角度地尝试自己，这也是女儿成功就业的秘诀。那是在大四上学期，大学校园招聘开始，安徽省农行在全国招聘，招考对象除了财务专业、会计专业的学生，也招少量的法学专业的学生。而女儿对数学有着相当的天赋，当年高考数学的成绩近满分，我曾在《家有高考女》一文中有这样的叙述："女儿对数学非常偏爱，越是难题越过瘾。"考金融单位，好像唤醒了她潜在的对数字敏感的意识。在征求我们意见的前提下，她报名了，就当锻炼一回，长长见识。报名后，农行有关的信息陆续地发在女儿的手机上，什么时间考试，在什么地方，都说得清清楚楚。大概是大四上学期就参加考试了。两个多月后，考试成绩在网上公布，女儿名列录取名单。转眼放寒假了，在家过完春节，还有十多天最后一个学期就要开学了。这一天，突然接到省行面试通知。看看面试的条件，其中之一是"学校推荐信"，而恰恰这一份至关重要的推荐信落在学校寝室了。眼看大后天要面试，如果不参加面试，算自动放弃，但我们根本就不想，也不会放弃。来不及责怪女儿，赶紧准备去杭州。此时正是春运期间，客车趟趟爆满，火车更是一票难求，即使买到去的票，回来也成问题。于是，我们一家赶紧决定借女儿姑姑家的私家车。她和爸爸连夜往杭州赶。当时冰天雪地，天气寒冷，到杭州已是深夜，在校园旅馆休息半宿，第二天一大早驱车往家赶，一路的辛苦可想而知，这是女儿自己粗心付出的代价，她的苦吃得不亏，但不应该给别人带来麻烦。在家稍事调整，休息一天后，女儿直奔面试现场站在面试官面前。没有刻意装扮，自自然然衣着，落落大方谈吐，面试结束，女儿回学校继续她的学业了。时间一天天过去，我牢记是 2010 年 4 月 27 日上午，正在合肥参加安徽省首届中青年作家高级研修班的学习的我接到女儿电话，她欣喜地告诉我，她被录取，即将来合肥市农行签约，随即转发她收到的信息（我至今保存在手机里）："尊敬的李鸿涛同志：根据笔试、面试及体检综合评估，我行已确定与您正式签约，请登录中国农行……"后面是一串网址。第二天，女儿从杭州赶到合肥到省农行正式签约。签约后，顺便来看我，恰巧班上女作家姚岚在中国政法大学上学的女儿也来班上看望妈妈。两个学法学的女孩碰到一起，跟着我们吃自助餐，跟着我们参加活动，因为双方妈妈的缘故，她们得以认识，她们有共同的话题。我当时以"双重的喜悦"为题目，用简短的文字记在当天的博客里。

两天后，女儿回校去了，我也将结束十多天的学习回自己的工作岗位。女儿走后，回顾这些年来我对女儿潜移默化的影响，女儿自强自立学习的精神，不禁思绪万千。

我们的家庭，是普通的三口之家，工薪阶层，多年来过着一种清贫俭约的生活。人说"穷养儿子富养女"，而我却在生活上穷养女儿，培养她朴素的生活观。但在精神上却富养她，给她看的第一本书是海伦·凯勒的《假如给我三天光明》，第二本书是《钢铁是怎样炼成的》。我突然想起在高研班学习期间，谈到读书的时候，著名作家、学者潘小平曾经以身说事（她也是女儿），她说，女孩一生要读一本书，这本书千万不能是琼瑶式的作品，那会让女孩走入误区，影响一生。大致是这个意思。潘小平是我喜爱的女作家，她也是母亲，她的话我听到心里去了，我想对她说：从前我就照着做了。

女儿小的时候，我们一家住在职工大院低矮的平房，虽陋室清风四壁，却墨味满屋飘香。我也不会忘记，我们粗茶淡饭后，每晚我们面对面趴在一张写字台前，她写作业，我写作的情景。我们气息相吸却又互不干扰，特别是寒冷的冬天，我们冻得双手红肿，拿不住笔。我心疼女儿，常常给她冲了一个热水袋暖手，但房间还是出奇地冷。有一天晚上，我把煤球炉拎进来，不一会儿，房间暖和了，火光照耀，我们的脸上都红彤彤的。夜深，我们都趴桌上睡着了，也不知睡了多久，我被拍打、被叫醒，我头昏沉沉的，脑袋胀痛，原来是丈夫夜里出差回来，发现我们母女昏睡，出现煤气中毒浅昏迷状况，赶紧叫醒我们。女儿的症状也和我一样，万分侥幸的是，幸好她爸爸回来及时，不然后果不堪设想。从那以后，我再也不敢拎煤炉进屋了。当市面上出现电取暖器时，我毫不犹豫地买回家，冬天的夜晚，放在女儿的脚下，是我要做的一件事。

女儿学习很刻苦，考出好成绩，有时我会犒劳她，带她去吃肯德基。每每去，我总是看她吃，我不吃。当然为了省钱。女儿也很自觉，只是象征性地点一袋薯条，一个鸡翅，就很满足了。节俭而不失自尊和意趣的生活，的确需要内心的力量去应对。我们没有富丽的家庭装潢，没有宽裕的经济让我们随心所欲。更没有朱门亲，侯门戚，实权面前，手无寸铁。我对女儿从小灌输的教育是靠自己，靠自己勤奋刻苦地学习，踏踏实实地做事，天生我才必有用。

2010 年 7 月，女儿一脚跨出浙江农林大学，一脚踏进农业银行的大门。

金融，对于我们来说，这是一个陌生的领域，我们做家长的，也开始接触这方面的内容，以便在女儿今后的工作中，与她能接上茬对上话，有的时候，还可以加上我们的见解和阅历，给她一些不无用处的建议。

时间过得真快，转眼女儿工作近三年了，举手投足俨然有了银行小白领的"范儿"了。

2012 年，女儿响应省行要求大学生到基层锻炼的要求，积极报名参加，待培训后将去基层锻炼两年，也就是同年，女儿成为中共预备党员。

说实话，现在的年轻人特别是一些白领小资，男孩不阳刚，女孩太阴柔。让年轻人下基层锻炼，体现了领导的远见卓识，是对年轻人的培养和爱护。但愿经过基层大熔炉的冶炼，我家的李鸿涛出来时是一块有用的钢材，而不是一坨无用的废铁。

精神象乳汁一样是可以养育的，智慧便是一只乳房。

——雨果

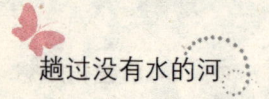

善待自己

打铁还得自身硬。善待自己才能有能力爱别人。

　　紧张，忙碌，生活的匆忙让我很少有闲暇顾及自己，直到有一天，长期负荷的身体突然间病倒了，中药，西药，打针，输液……

　　躺在床上，望着窗外灰蒙蒙飘着雪花的阴雨天，想着和我同处一城年迈的父母双亲，也许，他们此时正眼巴巴地等着女儿会像往常雨雪天一样，买一大包菜送过来。可让我负疚的是，此时心有余力不足，又如何能孝敬双亲呢？

　　正在这时，听到敲门声，是父母踏着雨雪泥泞上门来了。父亲拎着一捆菜，母亲怀里抱着盛鸡汤的保温桶，老两口四层楼爬上来都气喘吁吁。可怜天下父母心，我除了感激父母，还能说些什么呢？

　　善待自己，不让父母操心牵挂，我如果不是上次病得那样无奈，哪里知道这也是一种孝呢。其实啊，善待自己不仅是孝亲，也福及子女呢。由此，我想起了一个人。

　　她是我们家族中的一个女人，是我的外婆。她活到九十多岁的高龄，她基本上没有受过她自己身体的罪。她的晚年不但生活自理，还能为家里人做饭熬粥。但从前我们对她有很多的误解，现在回过头来想想，她当初活的是多么智慧。

外婆是一个有着非凡经历，20 世纪 40 年代就用过抽水马桶的人。她后来嫁给我早年丧妻的外公，一辈子没有生养。外公去世，我母亲就成了她的依靠，因此，她虽然在老家有自己的房子，但每年不定期地来安徽小城住在我们家。尽管住在我们家，她并没有寄人篱下屏息敛声的卑屈，相反，却像公鸡般当家作主地昂扬，因为，我父母工作忙，弟妹都很小，我们全家的生活安排我母亲全交由她打理。

那时对外婆的印象是她没有我母亲善良，她总是先顾好她自己。比如，冬天的晚上，只有一个暖脚的汤婆子，晚饭的最后一口还未等咽下，她便乘厨房里有现成的热水，抢先把汤婆子冲好热水放进自己的被窝里。

还比如，我妈中午下班到家，厨房里常常是锅不响瓢没动，外婆躺在床上不停地"哼哼"以示病得不轻，等我妈把饭菜做好摆上碗筷说："娘，吃饭了。"她一骨碌从床上爬起来，端碗就吃，饭毕，碗一推，整个下午都笑声朗朗了。第二天中午，我妈下班到家，桌上已经是现成的热乎乎的饭菜了。原来，外婆稍感不适，就赶紧休息，不撑着做事，正如她所说：我要累倒了，就不是少做一顿饭的事了。但外婆对我们小孩子不惜力，能让小孩子做的事，她从不多动手，指派我们干这干那。见我们到母亲跟前告状，她非常不高兴，我母亲稍稍有点袒护，她还要耍脾气连我妈一块训，说："惯子（女）不孝，肥田结瘪稻"。尽管这样，我们依然叫她外婆，她依然是我们的亲人。对她产生依赖，是多年后，我们都长大成人走上工作岗位，她开始"粉墨登场"了。早上帮我们一大家人买菜，晚上帮我们熬粥，她手握饭勺轻呼吸一般搅着，薄雾般的热气在厨房里弥漫，家里暖洋洋，真的是"家里有个老，赛叠金元宝"。

外婆在 92 岁高龄时去世，她是一觉睡了再也没有醒来，无疾而终。

善待自己即是孝亲。善待自己才有能力爱别人，不拖累别人，不拖累子女，比如像我外婆这样的人。谁不想有个好身体呢，可这又不是以

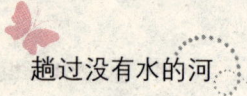

个人的意志为转移。但如能预见自己将来可能会失去某些能力，提前做好准备，以今日之勤勉弥补未来意志与行为之间的矛盾，会不会又给了我们又一种启发呢？

画家齐白石在暮年将近的时候，在许多空白画纸上预先画好笔法要求精细的虫鸟，当他终因衰老眼力不济时，他只需在画纸上稍添几笔花草山石，就可向世人展示他的"近作"了。

我想，无论像我外婆那样普通的老妇人，还是齐白石这样的大画家，他们都活出了人生的大智慧。

诚实和勤奋，应当成为你永久的伴侣。

——富兰克林

阅读与欣赏

那洁白的兰花，悄然盛开，闭上眼，文绉绉地想吸上一口，好似真的闻到了花香。那竹叶圆，细叶疏节，清气硬骨。

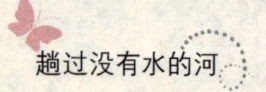
阅读散记

记性不好的人读书，只要从一个房间走到另一个房间，就把刚才读到的东西给忘了。但往往有趣的东西不容易忘记，比如书中一些对话的妙趣。

　　海外华人作家严歌苓以写小说著称，被改编成电影的也不少，比如《少女小渔》《梅兰芳》《金陵十三钗》等。相对于她的小说，我更喜欢她的散文随笔。一个作家的创作之路对读者有着很强的吸引力和启发借鉴作用。

　　从报刊上看到过这位女作家的照片，有一把年纪了，也有这一把年纪女人心虚的掩饰，比如眼角的鱼尾纹。但她华丽的衣裳倒是压得住阵，不料她却说："我喜欢穿着打扮，那是我自己不够漂亮不自信。"但严从哪儿也没让人觉得不漂亮或不自信，相反，却让人感觉她身处海外的优越，是太自信了，写作对她来说只是消遣而已。

　　直到近日，我从图书馆借到她的一本散文随笔集，没想到，读了几篇，就喜欢得不得了。她的散文，比之小说，更能接近作家的内心世界。更重要的是，她的写作，不是我想象得那样轻松。她在文章里说，写作对她来说是非常重要的事，一天不写作，一天就过得不如意。为了写作，她不舍得浪费时间，每一天时间都精打细算。她还说，钱和时间都不经花不经用。但钱能存着，以后慢慢用，而时间一去不复返。对珍惜来的时间，她都用在写作上。她称自己是一只笨鸟，除了头一个飞出林子，她别无选择。她除了有很艰难的创作痛楚，还有缠绕她身体的失眠症。

她在文中写道：失眠，使她对夜晚异常地恐惧。先是仔细地睡，再就是努力地睡，最后是歇斯底里地睡，直睡到人倦意全无，大汗淋漓在床上滚到天亮，一次最长的失眠是三十四个通宵。

失眠常年困扰着她，她患有由失眠引起的种种病症，诸如突发性头痛，有时说话语无伦次，写作时心慌手抖，出门辨不清方向，回来找不着家等。她去看医生，于是我们看到了这样妙趣横生的对话。

"我们哪里不对劲？"医生是个和蔼的叫丹尼斯的美国老头。

"睡不着觉。"

"想过自杀吗？"

严摇摇头说没有。

"没有想过自杀，就没有多大问题。"医生说，"我给你开个处方吧——无药。"

"无药？"

"是的，无药，是最好的催眠药。"

"新产品？"严有点兴奋。

"不是药！"医生一脸严肃。

严没有想到在美国会有这样的医生，她无法接受，但见医生一脸平静认真，也就见怪不惊。

"你可以走了。"

医生准备接待下一位。

"您给我开的药呢？"严追问医生。

"我不是已经给你开了吗？无药。"

"别开玩笑了。"

"你以为是。"

"我来是为了得到医治，最起码是得到些安眠药。"

医生马上斩钉截铁地说："不行！我不会给你开药的。"随即又温和地说，"你要听话，晓得好歹，安眠药不是糖豆儿，假如你那些家庭医生从前不那么慷慨，你的失眠不会恶劣到今天这个地步。"

"去吧，按我的处方试试。"医生大着嗓门喊下一位，然后就是"我们哪里不对劲？"

严只好悻悻而回。在美国，得不到医生的娇纵，也打不通走后门的关节。

中国人人际关系错综复杂，讲人情走后门是再正常不过。在美国就行不通。一次，严在学校考试时想逃考一门难的，于是，她便想取巧，直接找学校负责考试过关的人。

"我想和系主任拉斐斯先生谈一次话。"

"我就是。"

"我可以跟您约个时间吗？"

"当然可以，等你两个考分出来再说吧。"

"不，我想尽快跟您说。"

"好极了，那你尽快参加考试！"

多有趣，和丹尼斯医生的"我们哪里不对劲"一样地逗趣。

我常常怪自己读书记不住，哈哈，看来不完全是我的记性不好。

修养的花儿在寂静中开过去了，成功的果子便要在光明里结实。

——冰心

花鸟画的精彩和鲜活

雅洁、蕴藉、清爽、简约。

　　人有雅趣，可为挚友。雅趣之人，必少邪念，不会得利而来，也不会失利而远，与这样的人交往，明澈坦诚，不累。

　　认识吕雪冰先生很久，感觉他不仅是一位非常勤奋的花鸟画家，也是行事沉稳、敦厚内敛的学长。

　　特别是他在花鸟画中所展现出的意蕴深厚的气质和内涵丰厚的功力，一次又一次加深了我的印象。

　　今年春暖花开的时候，得知吕先生要出新画集，我非常高兴，忙打电话问询，见我有获赠希求，吕先生爽快答应。

　　一个月后，吕先生果不食言，携新画集送我。正巧是周一上午，有点忙，吕先生也是有事，未及茶一杯，匆忙就走。

　　直到临近周末，一天下午，办公室突然地安静下来，一切都安静下来，等待周末的降临，也是回归自我的最佳时机，我这才从抽屉里取出了吕雪冰先生的画集。

现在，这本装帧清雅、印制精美、大开本的画集就摆在我的面前。对于画，说实在的，我不懂，是个外行人。正所谓外行看热闹嘛，一集在手，总体印象：雅洁、蕴藉、清爽、简约。

欣赏之余，仿佛置身于广袤的大自然中，闻到了花儿的芳香，听到了鸟儿的歌唱，一周文案的疲乏被冲散，一周工作的压力被缓解。同时让我心生感慨：这些精致画作，是画家用了怎样的努力和劳动才得以汇集到一起的啊。

我一页一页认真地翻阅。序，是安徽省书画院院长所作，这不稀罕。稀罕的是，前面一整页的毛笔小楷是时年98岁高龄的上海诗词家周退密老先生的题词："雪冰先生之画布局繁而实简，设色艳而不俗，故为高品……"。

沉浸画中，生动活泼的《群雀闹春》《梅梢有喜》《一剪秋风》《回眸一笑》《玉洁冰清》《紫气东来》《洁态狂香》《鱼戏新荷》图，色彩斑斓；《露叶红花》《坚芳之质》《血红雪白》《兰草之叶》等扇面画，清新雅致；《青花斗彩》《青花白荷》等瓷画，栩栩如生。

山花园蔬，花鸟虫鱼，一静一动，多姿多彩。有的适宜清晨来赏，让人舒展眉目，开心快乐的一天从早上开始；有的适宜半夜来看，看完，一觉睡到自然醒。还有那洁白的兰花，悄然盛开，闭上眼，文绉绉地想吸上一口，好似真的闻到了花香。那竹叶园，细叶疏节，清气硬骨。

最可留心的是画中的一只鸟儿，我长时间地看着它，我专注于它的细节：嘴，翅膀，羽毛，细细的脚。我心中没有想其他的事情，我就想着这只鸟。它栖息在密密的树林里，在晃悠悠的树枝上放声歌唱，虽然"上头没有人"，面试通过了也不一定能当上公务员，哈哈，但它腰杆子硬着呐，原来脚下的树枝给它撑劲呢。

曾有幸见过吕雪冰先生现场作画，观纸片刻，一管在手，如风行雨散，润色花开，充盈大气。不经意间留下的空白之处，彰显内在的意趣和心境，尽显中国花鸟写意画的精彩和鲜活。

坊间传吕雪冰先生应邀赴现场作的画都被人抢着收藏。还说他重人情，重友情，送的画比卖的画多，是个毛笔软，心肠更软的硬汉子。

有一段时间，他痴迷上了景德镇的瓷画，很多时间用在瓷画上，他说："瓷画优异于其他画种，它绝不会因岁月的流逝而减退丝毫色彩；更不怕鼠啮霉变而生憾。它是立体的画，可以从不同的角度欣赏其流动的美。"然而，"如何选择拉坯师傅的工艺造型？如何使自己的艺术风格、绘画理念和技法与所选坯胎和谐地结合和完美地体现？……种种不确定的因素，在等待中常常'废瓷三千'，直到作品终于完美呈现。"

吕雪冰先生潜心于艺术创造，纯粹而艰辛，绝无半点侥幸，全凭真功夫。我对吕雪冰先生的画并不陌生：从 2003 年出版第一本《吕雪冰花鸟画册》，到 2008 年在桂林美术馆举办个展，同年在北京徐悲鸿纪念馆举办"墨象心迹八家邀请展"。

2011 年出版《吕雪冰瓷画》，2013 年 5 月出版《吕雪冰画集》。《秋色如醉》等作品被中国美术馆收藏。

吕雪冰先生的画集，艺术感染力强，像我这样俗骨的人，也能受到感染，可见感染面之广。但吕雪冰先生的画值得更多的人，特别是一些行家里手、饱学之士来欣赏、品评，例如中山大学吴启明教授的评价："不黏滞于景物，不着力于抽象；抒情言志，别开生面，使之成为人生温暖的底色……"

这些年来，喧嚣和浮躁的市场经济影响到一部分画家的艺术实践：追逐短时间的利益，很多作品或雷人搞怪、或权力生派、或金钱滋养。但吕雪冰先生仍倾力专注于画作本身，视艺术为生命，一年一年的作品自成气象、推陈出新、绝不倒退。

吕雪冰先生在甘苦自知、艰难跋涉的艺术道路上，有时明明知道前

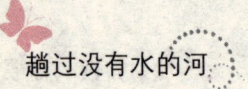
方不远的拐弯处有"好处"，他就是不去拐弯，就是不要那个"好处"。他就是要专心致志画他的画，不投机，不取巧。《吕雪冰画集》带给我们诸多启示的同时，从另一个方面告知我们，这本画集不是无意义的集合，而是画家通过它对所热爱的生活产生出一种情感能量的整合，还有我们无力窥透的画家高密度的思想信息。

> 由智慧所养成的习惯能成为第二本性。
>
> ——培根

作家写作进行时

写作，是个体劳动。作家很难现场表演，更不会像石头直接砸在地面上。

　　苦心孤诣，精力高度集中，不愿受到外界干扰，是作家创作时的心态。作家写作不像大厨烧菜，也不像书画创作，可以现场一挥而就，立等可现。作家是很难"表演"的，是很难让人现场领受其创作过程的，更不会像石头直接砸在地上。这是因创作性质决定的，它需要长时间的酝酿，需要"十月怀胎"。总之，创作过程很复杂，那么，在作品后面，作家又是什么样子的呢？

　　前些日子，一位朋友跟我说起她的丈夫时，情枯意竭伤怀入骨泪飞顿作倾盆雨。她哭说："他下班回家我已把饭菜做好，他换下的衣服我及时洗干净，他在书房我递茶倒水忙个不休，他非但不领情，有时还嫌烦。"朋友的丈夫是个作家，我有针对性地帮她排解，我说，作家写作要进入状态，要有自己的空间，有时贴心的关怀反而会侵扰他，是对他已聚拢的精神的打散。她马上找出破绽："那不写作呢，不写作也在书房枯坐半天，有时连电话都不接。"我说，那是他在构思，在酝酿，在与自己纠结。朋友似有所悟。

过后，我自己却思索开了，难道作家非得要这样吗？到底是哪里出现了问题？但结果还是我自己总结出因人而异吧。这使我想到著名作家陈源斌先生，20世纪90年代，他在农村体验生活时，合肥的家中突然失火，当他从数百里之外赶回家里，面对的是一堆残烟未尽的废墟，所幸的是家人无碍，但他的藏书和手稿及所有的家产均荡然无存。

当时他被临时安置在附近小旅社过道口的一个小房间，这个住处不仅狭小窘迫，萧瑟寒冷，而且每天南来北往出来进去的旅客都要从此门前经过，嘈杂喧闹可想而知。但就在那个特定的环境中，他写出了中篇小说《万家诉讼》，后来便有了由《万家诉讼》改编的电影《秋菊打官司》，从此，"讨个说法"成了当今流行语汇。没有一定的定力，不可能静下心来坐下身子写作，如果换作我，家里被烧得精光，日子都没法过了。听陈源斌后来说，当时连一把牙刷都要现去买。他那时是如何度过这一关的，我不知道，但在那时创作的作品却被文坛称作佳作。我还在意的是，那个困难的条件对那篇小说的创作有没有影响呢？为此，我找回《万家诉讼》那篇小说又仔细研读，然而，却没有任何迹象可以表明当初的写作环境抑或外在的侵扰对他的作品产生不利影响。

但有的作家，不要说泰山崩于前不惊心了，一点都受不得外在的干扰。作家王君，性格内敛，是个谦谦君子，提起他的作品令人刮目，谁又能想到这七尺英武男儿出头之前曾经遭际的尴尬。20世纪80年代，正是文学繁荣时期，王君那时是个基层的业余作者。一天，他接到通知，去市里参加一个文学读书会，听取省城来的作家作报告。他当时正当班，流水作业，一个萝卜一个坑，领导不同意。好不容易找个替班，等他匆匆赶去，读书会已结束，省里作家也回去了。未等放下行李又要匆匆赶回，好几个小时的车程不说，好不容易出来又要走，太虚此行了，心不甘。见不到省城来的作家见见本市的总行吧。于是，经人引荐，登门拜访当时颇有影响的一位本市作家。本市作家正趴在桌上写作，全然没有被拜访的喜悦，反而毫不客气地责问引荐人：你怎么随随便便带人来打扰我，耽误我时间影响我写作？作家的老婆偏也逞助夫之勇，将一盆洗衣水泼出门外，没有一点回旋的余地，让王君尴尬至极。"是这样的吗？"我们问王君，他只是笑笑，不多言语。无疑，那位受访的作家是很自私的，这样自私的作家，他的心灵会有叮咚的泉水吗？会有纯净如荷叶上露珠的晶亮的心灵吗？心胸会有雨后草地一样温润悲悯的情怀吗？这位作家也有点名气，至今还在写作，还在出书，我在书店里也曾拿着他的书在手里掂量过，想到的不是买，而是先拧拧，看是否能先拧出一盆水来。此时，我想到已经去世的北京作家史铁生，半生与轮椅为伴，他已是一个里程碑式的人物，但是，他说过："如果家里有客人来，我肯定自己亲自去开门。"

近日，读外国文学，发现西班牙诗人萨利纳斯的内心力量让人惊服。一个叫阿莱桑德雷的诗友去拜访他。萨利纳斯正坐在书桌前写作，可又不像那么一回事：他的一儿一女两个小孩子，都坐在他的腿上玩。一个把他粗壮的腿当马骑，小女儿则用手臂起劲搂着他的脖子，嘴里不停地撒娇："爸爸，爸爸"，一边又用小手揪他的大耳朵垂子。他非常随和地答应并笑着，身体任由孩子们摆布，但他的手却是自己摆布，不时随着孩子们的欢笑，笔尖在稿纸上飞快地划过。面对眼前的景象，作为客人的阿莱桑德雷不知所措地站在门口呆立着，而萨利纳斯站了起来，他瞅着友人笑着说："你把我当场抓获了。"诗人把稿纸递给客人，上面写写一首诗：

> 夜晚，我想象那边的白天，
>
> 这里的夜晚，
>
> 该是那边的白天。
>
> 欢乐的阴影下，
>
> 百花迎着太阳开放，
>
> 那个太阳，
>
> 正是照着我的淡淡的月亮。

全是素描，没有色彩，却有诗的温馨，还有诗人一家人的开心。这使我想到作家毕淑敏在《幸福的密码》中说过，世上有四种人最幸福，一是刚给孩子洗完澡的母亲，二是治好病人的医生，三是在海边沙滩上玩耍的孩子，最后一种就是写完最后一个字的作家。

由此想到我自己，生活中很大一部分时间是独自写作与读书，写作虽是个体劳动，比较个人化，但不可以很有道理的拂逆亲人，怠慢朋友。在你进行写作时，你可以抵御金钱、物质等外在的诱惑，哪怕最现实的是一顿免费的晚餐。我的一位军旅作家朋友说过，他过去在边防连队，条件非常艰苦，正在写作时，怕灵感稍纵即逝，更怕思路被拦腰打劫，哪怕饿得咽口水，也不愿去排长长的队，免费领两盒军用罐头，而这两盒军用罐头，是他等了一个月，前一天晚上还梦见的。

如果通过修养达不到提高鉴赏力的目的，修养两字也就毫无意义了。

——波伊斯

客厅里的一幅画

一个湖是风景中最美、最有表情的姿容，它是大地的眼睛。

——梭罗

客厅里的一幅画，看似是一幅名画，其实是一位爱画画的文友的临摹品。

虽然是临摹品，但如果没有对那些巨作的领悟，没有运笔用墨娴熟的技巧，这幅画也是临摹不出来的。

有人对我的感触不以为然，说不过是复制品。但我想，虽然梵高、毕加索们的原作留存于世，但对像我这样大多数的普通人来说，是不可企及的。这虽是临摹复制的作品，但多少也给我们传递了一些大师的精神。

我时常站在这幅画前观望。这是一幅山林湖泊非常幽静深远的画。水流清澈，山林茂密，好像随时可一掬湖水而饮，随时可划一叶小舟漂行。它仿佛使我"呼吸着湖畔清新的空气，让心灵沉浸在甘美的遐想之中"（卢梭《漫步遐想录》）。同时，我仿佛又看见了另一个湖——瓦尔登湖，那个叫梭罗的美国青年说："一个湖是风景中最美、最有表情的姿容，它是大地的眼睛。"

在湖边生活了两年半的梭罗，物质生活的贫乏并没有妨碍他心灵的河床生长出丰盈的水草。他把自己的观察所得以及他的思索和感想都记录下来，从中分析和研究出大自然所给予他的启示与经验，由此得出他的结论：如果一个人能满足于基本的生活所需，其实是可以更从容、更充分地享受人生的了。但这个时代，不是人人都要像梭罗那样到湖边才能获得平静安宁生活的。

此时，我又想到了一个湖，那是多年前工厂旁边的一个人工湖。一个生产水泥的工厂，整天灰尘蔽日，再靓丽的女孩进到厂里，一会儿全成灰姑娘。因此，我常常忙里偷闲地跑到湖边，畅快地呼吸新鲜的空气，畅意地望着这只"大地的眼睛"，接受它的浸润和洗涤。似乎只有这样，劳累的身躯和波动的情绪才能获得坚实和稳定。

多年后的一天路过，我特意去看看。工厂几经转产，不晓得现在生产什么了。湖还在，但是，越走近它，越感到喉管焦渴、眼睛干涩。一切都在意料之中，她那美女的深眸早变成了老妪的枯眼。

现在，当我幸运地有了自己喜爱的工作，幸运地有了吃、穿、住等基本的生活保障，我便有了供奉灵魂的欲求，便有了追求生活美质的向往，比如，客厅里的一幅画，它不再只是一幅点缀品，它让我面对的是比人更永恒的生命，在它的浸润下，我的生命从此便有了像山林湖泊一般的灵性和尊严。

我学会向人们敞开心扉，表现真实的自我。我热情地处身于家人、同事以及与我有缘相识的人中间，彼此关心，真诚相对，我发现，平时不能接近他人，或是不能与人沟通，都只是被匆忙、疲惫、物役所累造成的假象。客厅里的一幅画，仿佛架起了我通向人们心灵的桥梁。

然而，就在前不久，有人对我说：当你一只脚迈出家门槛的时候，你的一半就不是你自己的了。

说这话的人的确是位干才，不可否认，此君的一半有着进退有据、行止得体、刚柔相济的素养；另一半更会韬光养晦、明谏暗捧，小骂大帮忙。但我所见到的他，嘴角很少有开心的微笑，眉宇间似乎永远紧锁着一种思虑，深沉的眼睛里，没看见有过安宁的光芒。

如果是这样，我会终日惶惶不安，我会迷失在我所制造的种种需求之中。我必定会常常忧虑重重，患得患失；我必定因此内分泌失调，造成神经衰弱，未老先衰；我必定还会像一只吃歪了脖子还想吃得更饱更好的大鸵鸟。这样我哪还顾得上去感受生活，感受灵魂，感受人与人之间美好的情感，感受爱？

因此，一位尊师在他文章中的一句话让我很受用，他说："一个人在社会上，如果做到不要什么，谁拿你也没办法。"意思很明白，反过来说，什么都想要，你拿自己都没办法。

画，融进了话。画，不再简单地是一幅画。它是一块领地，一块保留心灵纯净的领地。它引领我在它自然的景色里，体会到人类对超过物质之上的大自然的追寻，还感受到了外在生活的简单，带给我的却是内心世界的丰富多彩。

它让我宁静致远，它焕发我生命的激情。它还给了我更辽阔的心灵世界，给了我更多自由的梦想。

一个人只要有耐心进行文化方面的修养，就绝不至于蛮横得不可教化。

——贺拉斯

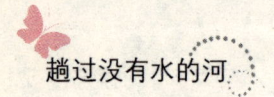
道听途说话 C 君

以他的睿智，怎么会不知道只有刀不出鞘，珠不出椟，龙藏于云，豹隐于雾才是最安全的呢？

那是一次会议，一次很有规模意义纯粹的文学会议。有名作家也有像我一样凑热闹的业余作者。会议的地点在杭州西湖边的之江饭店。

穿过酒店大堂，会议厅的窗口正对着美丽的西湖，我正好坐在靠窗的位置，一阵微风吹来，白色的窗纱不停地飘动，美丽的西湖尽收眼底。那次会议恰巧让我重返外婆的家园，我非常沉不住气，稍一走神，心思就会掉在外婆炒甜香螺的锅里。

浙江文友小丽碰碰我，我心领神会，立即做认真听会状，见会议主办方的人我愈加做认真听会状。

会议内容丰富多彩，大家共同分析当前文学面临的现象，剖析急剧变革、异常复杂的社会状态，尤其是几位名家的发言，成了大家相互感应的连心锁。这几位著作颇丰的作家，他们也像美丽的西湖一样，成了会议的亮点。

　　我曾经被他们迷人的文字所吸引，但我从没有像钱钟书先生调侃的吃了蛋还想望一下鸡的嗜好。我知道有时文与人会相差十万八千里。除非我有兴趣知道，知道他们是怎样完整的"人"。这有必要吗？当然没有。但作家与作品之间一定存在有机的、统一的关系。会议间隙，从大家的一些闲聊或聚谈中，证实了这一点，于是，知道了一些他们不为人知的经历，其中C君给我的印象最为深刻。

　　作家C君，其貌不扬性格内敛，一望就知道是一个大寂之人。就是这样一谦谦君子，还被文坛一阵"硝烟"弥漫过。

　　C君因写小说而成名，也因成名遭受过非议，又因非议屡屡生发攻讦。

　　"他是一位很有成就的作家，为何遭受不公正的非议？"

　　"当一碗肉大家眼睛都在盯着并试图吃到它，而那碗肉就在他的鼻子底下，能不被群起而攻之？"

　　可是，以他的睿智，怎么会不知道只有刀不出鞘，珠不出椟，龙藏于云，豹隐于雾才是最安全的呢？然而眼前的他，温良谦恭，大智若愚，不像传闻中的那样，更不像捂碗护肉之徒。我不明白，像他这样瘦弱干巴的半老头，如与人没嫌隙，谁会在他身上做文章？如果硬要牵扯，那一定与他的写作有关。

　　写作的时候，会进入一种状态，会不自觉地疏离人，哪怕是自己的顶头上司，哪怕是亲近的朋友，甚至是家里的亲人；不仅如此，有时可能还会对一些应当反应的事情感觉很迟钝，这其实是许多读书人写作者共有的羸弱的个性。

　　是这样吗？有人拉来C君考证，C君只是宽厚地笑笑，不多言语。

　　我觉得一个人的生存态度，在某种意义上，决定了他作品的质地。

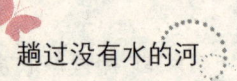

　　会议虽严谨有序，但也像西湖上的空气一样自由而松散。整整三天我都在"坚守阵地"，有人说我："不怪是安徽来的，真是安心开会啊。"

　　　　　性情的修养，不是为了别人，而是为了自己增强生活能力。

　　　　　　　　　　　　　　　　　　　　——池田大作

向生命借贷

穷，让人贫，让人困，让人无奈地存活。中国大地上有着无数无奈存活的人，如影随形的宿命，难以摆脱，一辈辈轮回，这是《向生命借贷》并未写出的言外之音。

  每年到年底的时候，我喜欢浏览一些文学杂志后面的总目录，我对文章篇名的兴趣有时比内容还要大。几年前，我们安徽有一位作家有一篇获奖小说《打死我也不相信爱情》，我也很感兴趣，后来，我想找那篇小说来看，结果没有找到，但篇名一直让我记到现在。

  2008年第三届冰心散文奖公布出来，有一篇获奖散文《向生命借贷》，文章我没有读过，但这个篇名非常独特，令人耳目一新，我记住了它。现在散文创作有很多困惑，我自己也很困惑。有人说，现在的散文是一个转折点，散文再不创新，走以前的老路，前方真的就是死胡同了。

  现在不少评论家认为，文学界外的人直接汲取民间资源和生活的养分，写出来的散文不拘形式，自然，带着一种新鲜的东西。这是一个信号，这给散文创作者一个提醒。当我看到《向生命借贷》时，我在想，这是一篇什么样内容的文章？又是哪位作者写出来的？

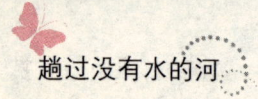
巧的是，距离冰心散文奖颁发不到两个月的时间，在北京的一次散文笔会上，我见到了作者，江苏作家吴光辉先生。记得在小组讨论会上，听他讲述写作此篇的经过。大致内容是写一个家族的故事，其中"婶娘"是故事的核心人物。大多数人可以从这篇散文里看到作者的视点：弱势人群、穷困，这一类关键词，叫人远不可抵达，近触手可及，其准确与深刻，复杂与典型，决定了文章的核儿。

穷，多么寒碜的字眼，用唯物主义观点来说，物质是第一性的。穷，让人贫，让人困，让人无奈地存活。中国大地上有着无数无奈存活的人，如影随形的宿命，难以摆脱，一辈辈轮回，这是《向生命借贷》并未写出的言外之音。

饱蘸了那样浓厚、苦涩的汁液，像是难以摆脱压抑在心里的郁积，他却尽力控制，不动声色，似淡实浓，看上去疏可跑马，实则密不走针。他就是不肯让你绝望，不肯让你压抑，他只带你往人性边际与深渊处去。缓过一口气，明白散文可以这么写，篇名可以这么叫。新的语言方式，新的创作思路，新的文学感觉，思想的光芒，不管界内界外，殊途同归，最终构筑起一个时代的艺术水准。

修身处世，一诚之外更无余事。

——朱之瑜

文学的魔力

文学，看似不管吃，也不管喝，但是它管用，比如国王的演讲。

　　几日不读书，照照镜子，枯索的面容，一脸死相样子，俗不可耐。不禁自讽：姐照的不是脸，像是屁股。于是惩罚自己，接连几天狂吃辣椒，直到辣得舌根发麻，泪水横流，说不出话来。

　　说不出话来最好，那就看书吧。再不看书，一望可知下半生会是什么样子。

　　提到书，想到 20 世纪 80 年代，那可真是文学的年代啊，那时，我在离城十多里八石山脚下的一个水泥厂上班。工厂虽然是出产值的地方，也出文学人才，厂长本身就是一个。厂长原来是上海下放知青，身为厂长，口语里离不开硅酸盐水泥，也常伴有普希金的诗句。厂里图书室长年订阅当时已复刊的《人民文学》《当代》《诗刊》等主流杂志，还有《世界文学》《译林》等译介外国文学的刊物。我最初接触到的外国文学大多是在那个时候接触到的，那时我是刚进厂的小学徒工。我现在的书架上至今还留有当初存有私心，借了没还盖有"水泥厂图书室"公章的《梅里美小说

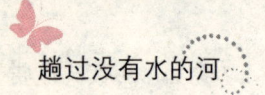

选》《约翰·克利斯朵夫》等。

那时候的年轻人差不多都是同一个爱好，那就是文学。"文学青年"当时是最流行词汇。不仅厂里有很多文学青年，外面附近的工厂也有很多同好，比如当年的赵敏、胡静、沈玫白等。每有好书，我们相互转告，互相传阅，我经常骑着金狮牌女式自行车去找她们，她们也经常来厂里找我。中午，我们不去食堂吃饭，而是在我的宿舍里，点燃十二根棉条芯的煤油炉，或偷偷地用电炉，在上面煮肉丝面，炒糖醋藕，喝当时流行的香槟酒。

现在，坚持当年那一份爱好的人不多了，赵敏和胡静不见了踪影，除了我还在写，还有沈玫白。尽管这样，当年我们在一起谈论文学的感觉已不再存在。现在的沈玫白，每每谈起文学，早已是从"专业的角度"了，这能理解，因为沈玫白当年考上大学从工厂走出后，学的专业是文学，留校任教时教的也是文学，她不从专业的角度，又能从哪个角度来说呢？

我20多年一直是业余的，但我想，爱好文学，是没有专业和业余之分的。我不知道我为什么还坚持这份爱好，我曾请教过一位知名女作家，问她：什么是文学？作家沉吟一会儿，说，一句话很难讲清楚，因为文学概括的范围非常之广。但真正的文学，作家说，她个人认为，关系到我们对生活的态度，对人生价值的判断，引发我们对生活的思考：今天的人们应该怎样快乐地生活。

仔细回想，我显然是文学的受益者，我因爱好文学而快乐。但当下想获得这个快乐的人不是很多，比如，每当我读到一本好书，或写出一篇满意的散文，总想与人分享，但四顾茫茫，无人可说。有时碰巧弟妹上门，而妹妹认为还没有一本菜谱实用呢。其实妹妹连菜谱都早就不看了，有关烹饪的知识和技巧直接从电视上学了。弟除了每月交手机费，得到一张话单，也很少触摸纸质的东西。

想起从前姐弟仁人，头挨头灯下阅读高尔基的《童年》，你争我抢

《格林童话》已恍若隔世。

　　亲友间无人与我共享读书之好，好在文友间保有往来，然而，每遇好书（自认为），忍不住想与人分享（改不了的一种古老的情怀），但因别人与你的口味不同，此时，感到自己是站在无垠的沙漠里。但，这并不可怕，书，是沙漠中的月牙泉，所以，我不会发呆。

　　第83届奥斯卡金像奖的获奖影片《国王的演讲》撼动人心。《国王的演讲》，一个真实有趣的故事。里面还有一个真实有趣的细节。一个天生口吃、懦弱的王子，要接替他哥哥担当起国王的责任，向希特勒宣战。这个后来的乔治六世国王，却对必须要面临的演讲紧张慌乱，惴惴不安。电影里有这样一个镜头，罗格医生拿起东西塞住他的耳朵，请他大声诵读莎士比亚的经典文学作品的片断。于是，他满心疑虑，战战兢兢，一字一句地诵读。渐渐浑然不觉自己已说得酣畅流利，那一时刻，结结巴巴的口吃者，通过对经典文学语言的诵读，变得不结巴了。那一刻，众人为之击掌，国王更是欣喜若狂。

　　那些经典文学作品的语言，让一个结巴的男人，克服自身障碍，忘掉自己的缺陷，比如口吃。

　　教师必须具有健康的体魄，农人的身手，科学的头脑，艺术的兴味，改革社会的精神。

——陶行知

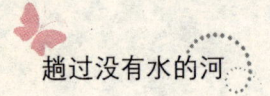
飘过西藏上空的云朵

你知西藏的天有多蓝，就知道飘过西藏上空的
云朵有多美。

岁末年初，我在江淮大地伸手触摸到了一片从西藏上空飞来的云朵。窗外有种温暖的味道在缓慢地弥散。

这片洁白的云朵有个美丽的名字叫《飘过西藏上空的云朵》。灵动的封面：布达拉宫金顶上折射出缕缕的阳光；朵朵飘动的白云像高原上盛开的雪莲花；蓝色的雪风吹起亿斯年的风马旗，让人思绪纷飞……

这是军旅作家凌仕江继《你知西藏的天有多蓝》问世之后多种散文集中的一本。打开这本装帧精美厚实，印刷漂亮的散文集已有好多天了。好多天，我如此再三地读这部作品，一定是有什么东西将我吸引。

那当然了，那些再现高原自然风貌的绚丽图片，让人感受到来自世界屋脊的神圣，雪域高原神秘而美丽的自然景色，西藏军人的威武英姿，这些珍贵的图片不仅在日常生活中难以看到，作者手书的几行释语，与一篇篇优美地散文交相辉映，更是创造了无限的想象空间，令人遐想无限。

第一次读凌仕江的作品便被吸引，那就是被选入 2003 年春季全国高考语文（北京卷）的阅读理解题《你知西藏的天有多蓝》。后来便是在《江南》杂志刊发，接着又被《新华文摘》转载的长篇散文《往返米拉山》。随后又从央视"子午书简"栏目及全国各大文学刊物、散文杂志上读到他的许多作品。我自认为是他忠实的读者，当读到《西藏上空飘来的云朵》这本书时，才发现我以前漏读了不少，比如《我看见珠峰在移动》《乡村物语》《旋转的布达拉宫》《昌都姑娘》等。

读凌仕江的散文，我慢慢地读出经验来了，那就是在读之前，要有充足的时间准备，除了准备大块的时间，如果在家的话，还要把家务落实好，不然，读着读着便会忘了炉子上煨的粥、火上烧的开水。

凌仕江的散文诗意纯美，大气苍茫。

在《往返米拉山》中，"西藏有许许多多的山。米拉山是系在川藏线上的魂"。"米拉山就其境界而言，则是人与自然较量的伟力见证"。"看山的时候，我没有多少话；说话的时候，我常常看山。""那些草原的子孙，不知道山那边是红尘，从未遥想一座城市或者楼群，他只要把手中牧羊的鞭子在空中甩一脆响，就彻底地满足了。"

在《背对父亲》里，"岁月撕开夜的伤口，幻想做成功儿子的诺言不知许了多少年；幻想做孝顺儿子的惆怅不知愁到哪一天；幻想做完美儿子的梦想不知梦过多少夜……"

凌仕江的忧郁、孤寂、追求、梦想，在我的心里奏起庄严的鸣响，并给了我无边的想象。"阳光是青藏最动人的音乐。""青藏高原的兵永远是青藏最鲜活的生命。"

我所知道的凌仕江已经在西藏上空往返了十多年，他在"三万英尺上的高空，看见堆积成一片片的云朵。云在飞，心在飞，飞过故乡飞过天堂，飞进他的梦想……"

飘过西藏上空的云朵是凌仕江送给故乡的恋歌，他就是一朵至真至纯

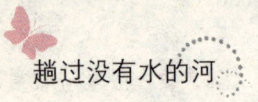

的云。

在《糖是苦涩的谎言》中，"小时候，糖是最宝贵的礼物。父亲赶场，我和姐姐在家几乎是掰着指头挨到中午。具体什么时间，父亲走到什么位置，我和姐姐都细算得很精确，终于盼到父亲到家，父亲沉着脸，说：'卖糖的老头没有了，死了。'"

写到这儿我不得不岔开话题，我很庆幸在最早的时间内读到这本书。在此之前，我曾写过这样的一篇散文，记述过与凌仕江通过手机短信进行文学的交流，以及他即将要出版新书的讯息。此文发表后，编辑说给他们惹麻烦了，不断有读者打进电话，我喜出望外，编辑说不是找你的，是问询：凌仕江的书出版了没有？书店上架了吗？等等。

"这年头还有这事发生。"编辑讪讪地放下电话又迅疾地打过来，说如有可能他也想读一本，他说他不是读别人，是读自己，因他也有相似的吃糖经历。

凌仕江的散文思想唯美，视觉独特，品位纯正。这本厚实的散文集是作者甘于寂寞勤奋耕耘的累积。这样的资质现在难得。正是这样才保证了他的作品特有的精神气质。但我还是有点不明白，书中这个帅气的军营写手，阳光形象的大男孩，怎么能让人信服地把他和西藏那个残酷的自然环境联系到一块？又怎么能和这本思想深邃的散文集联系在一起？

《飘过西藏上空的云朵》正从西藏上空悠悠地飞向全国各地，精灵般地掠过我们的头顶。抬起头，望望天，伸出手，不要让那朵白云飘走，摘下来一定是你最美好的享受。

把所有的愚昧淘尽，会看到沉在最底下的智慧。

——贝尔纳

难忘《金蔷薇》

沙梅的金蔷薇很像你我的创作，有志于文学的
工作者，必须从生活中收集、熔炼金屑，然后再
锻成自己的金蔷薇——长篇作品，中篇作品、短
篇作品。

——苏联文学家巴乌斯托夫斯基

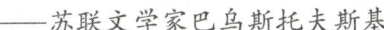

我无缘与苏联文学家巴乌斯托夫斯基相识，他的辞世与我的出生之间
横亘着许多个年头。但我却有缘结识他，结识他的作品《金蔷薇》。

读《金蔷薇》还真不大容易，那是 20 世纪 80 年代中期，我正在远郊
的一家工厂放电影。

促使我喜欢读的原因，其一是那插页中古色古香的俄罗斯风光；其二
是里面的故事很诱人：一个当过士兵的叫沙梅的男人，爱上了小姑娘苏珊
娜。他为她吃尽辛苦，每天都到很远的一个首饰作坊里收集尘土积累金
屑，准备打成一朵金蔷薇送给她，当金蔷薇终于做好了的时候，沙梅却死
了。金蔷薇就放在他的枕头底下。如果仅限于此也就如此，但《金蔷薇》
真正的价值是文学家把它和文学创作联系到一块。

"……每一个刹那，每一个偶然投来的字眼和流盼，每一个深邃或者
戏谑的思想，人类心灵的每一次细微的跳动，白杨的飞絮，静夜水塘中的

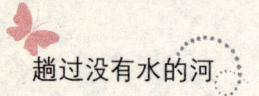

一点星光——都是金粉的微粒。"

那时爱好文学并悄悄试笔的我，模糊地意识到这本书对我以后有用，怕耽误限定阅读的时间，几乎来不及逐字逐句细嚼慢咽，便大段大段整页整页摘抄，心想先囫囵吞个饱，待以后再慢慢消化。

从此，这本笔记常伴随着我，我读懂的东西在逐渐地增多，我感悟的生活也在逐渐地深入。

多年来，我一直在文学的门外徘徊。先是学写小说走弯路，接着又是几年的"诗路"不通，后来学写散文，本以为写好散文无非就是辞藻华丽些，爱语缠绵些，当我仔细研读《金蔷薇》时，守不翼而飞，我惊异地发现，我先后能在全国各大报刊发表散文，除了从生活中撷取的朵朵浪花，更多的是从《金蔷薇》中受到莫大的启发。

由于获益甚多，我对这本书和它的作者充满了感激之情，以至后来陆续地购买了三种不同的版本。近日我又在重新阅读它。我想，一定会有新的收获，尽管它不可能完美，也有它的缺陷。但它确实是一本容易让人接受并有兴趣研读的散文体的创作经验谈，是一本论述作家劳动创造的文学札记。

真正高明的人，就是能够借助别人的智慧，来使自己不受蒙蔽的人。

——苏格拉底

读书的姿态

读书，是一个人最美的姿态，我至今都这么认为。

当照相术普及于人类社会时，曾有人断言绘画将被取代之。

21 世纪的今天，电脑普及，多媒体泛滥，也有人宣称：书，将被网络取代。

不可否认，电脑让我很受用，它可以让我在几秒钟内，快速地找到我想看到的书，但这能取代阅读吗？我指的是真正全身心地阅读。忠实，可靠地阅读。

每当我关上电脑站起身的时候，我的脑袋就晕乎乎的，没有着落，我知道我此时想要的是一本书，一本看得见摸得着的实实在在的书。

我喜欢书页油墨的清香，喜欢翻动书页沙沙的声响，这种传统阅读的方式，至今与我如影相随。

一天，匆匆地路过一个街心花园，看见一个染发的男孩在埋头看书。他的嘴里像鸟一样叼着一杆绿色铅笔，他上身前倾，左手捧书，右手作随

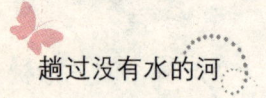
时翻动书页状。他看得很入神，沉浸，专注，安宁。我一下被触动了，这也是我一贯的阅读方式啊。不禁悄然走近，他看的是苏东坡的《赤壁赋》，不禁想到老作家孙犁在世的时候曾赞赏过一个青年作家的作品。他说："我想，过去，在读过什么作品以后，会有这样纯净的感觉呢？我第一个想到的竟是苏东坡的《赤壁赋》。"

纯净的感觉。有人在这喧闹的市中心读给人纯净的感觉的《赤壁赋》。再一看被我惊扰站起身来的读书人，哈哈，原来是一个高高大大金发碧眼的外国小伙子！看来全世界的人的读书姿势都是一个造型啊。

从电脑屏幕上阅读和捧书在手是完全不相同的阅读感觉。书，蕴含着作者的气息以及可以让人触摸的精神的脉搏。因此，面朝书上鲜活的文字，与之相近，有时真像贴近一个异己的生命。

坚定不移的智慧是最宝贵的东西，胜过其余的一切。

——德谟克里特

文字"质检"

校对工作非常重要，那些看了叫人吓出一身冷汗，急得叫人跳脚的差错，虽然只是发生在瞬间，但是，留给人们的却是刻骨铭心的记忆。

那天，从《中国新闻出版报》上看到这样一则讯息：河南省南阳市《南阳日报》报眉上的"文字校对"改成了"文字质检"。

"一片甲骨惊天下"。中国古文字的根在河南。南阳，蛰伏着八百里伏牛山。不羁的中原，对文学的较真像牛一样坚韧。

从"校对"到"质检"，从单一的"正误"扩大到整体质量的"检测"，从原有意义上的被动变成了现有意义的主动，这虽是人家的工作方法的变化，但却给了我很大的触动。由于爱好读书写作的缘故，我对文字有着异常的敏感，这种敏感常常会使我产生这种情形：读到人家文章里的错别字，会有一种莫名的气恼；读到自己文章里的错别字，还会下意识地赶紧用手捂住，像是捂着自己羞红的脸；同时，对承担文字校对责任的人有一种莫名的怨尤，这种怨尤会一直持续很久。

直到有一天，读了一位出版界老前辈的校对心得，更是受到了很大的震动。他说校对就是"校仇"，即对待错别字，要像对待仇人一样。

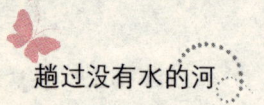

"校对工作非常重要，那些看了叫人吓出一身冷汗，急得叫人跳脚的差错，虽然只是发生在瞬间，但是，留给人们的却是刻骨铭心的记忆。校对者经常是处在这样一种布满'地雷'和'陷阱'的工作环境中，不能不处处谨慎，步步提防。"

"这些年来，我在工作中不敢有丝毫的懈怠，面对一行行文字，如临深渊，如履薄冰，唯恐有失，有时报纸出来才发现出了差错，于是心中充满了遗憾，弄得食不甘味、睡不安神……"

以经年累月的恭谨之心，只张弓不射箭为他人作嫁衣，怎不让人敬重和感动。

想到自己每次写作的时候，只顾着自己个人内心某种感觉的积累，下笔汪洋肆溢，碰到忘了的字，怕思路被拦截，于是，常常找个错别字代替。等到文章一气呵成，那颗生字甚至是几颗生字，像是淹没在稻浪中的稗草，等到开镰的时候，才发现一同被收割了。作为文章的作者，能不能首先把好自己的源头？

智慧有三果：一是思虑周到，二是语言得当，三是行为公正。

——德谟克里特

学识的收藏

古物是有生命的。辨物如识人，逢高品恍若遇故交。

收藏是一种文化。

收藏文化的宗旨就是感知文明，怡养情致。现在喜欢搞收藏的人多，不在行的更多。一次，和一位爱好收藏的老先生聊天，其谈及北京华辰2009 年秋拍，王佰祥父子两代递藏的文人墨迹状况，从中感受到了文化人之间的风雅，以及学问家藏品市场的号召力量。

立足于学识收藏，可以得到深邃的境界；人与人交往，可以判定彼此境界高低。

老先生言及自己数年前，只因学识不足，小心翼翼捧回家视为珍宝的物件，经专家鉴定是赝品假货。后来让他觉得可笑的是，不知是因为自己学识不足，还是"一朝被蛇咬，十年怕草绳"的心理作祟，常常又与真品擦肩而过，失之交臂。

像老先生这把年纪对于收藏的学识都糟糕到这样的程度，显然很多人

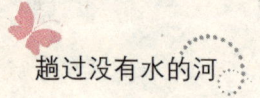

都需要被学识、见识来拯救。

我个人认为，除了学识，见识，收藏的最高境界远不止这些。古物是有生命的，那是历朝历代人类智慧与想象的相融相激而造就的文物精品和艺术精髓。

对先人的物品收藏，是对一切肌肤遥远却心灵偎依的挚爱，是与古人神交，与古人对话。神交古人，辨物如识人，逢高品恍若遇故交，凭惊鸿一瞥即此相识。识不识真品，全凭自己的学识，让你慧眼灵魂难以作弊。否则，真品在你手里，你凭什么知道它是真品呢？

人活着，总得有个坚定的信仰，不光是为了自己的衣食住行，还要对社会有所贡献。

——张志新

漫画的谐趣

一个有趣味的人，到老，大家都喜欢。

几年前，迪士尼中国巡演以及首届中国动漫节在杭州开幕。当天晚上，是整个动漫的世界，米老鼠、唐老鸭、孙悟空、维尼熊、蝙蝠侠、黑猫警长、葫芦娃等多彩的气球卡通在夜空中飘浮，使美丽的西湖成了童心的世界，营造的更是快乐的氛围。

据说，那天晚上的孩子多，大人也多，有商务界的成功人士，还有一些大公司知名企业的中高层管理人员也有组织地来参加、观赏。大家相见甚欢，没有职场的摩擦，没有洽谈的疲累，素日里沉胸的块垒此时都被这动漫唤回来的童心童趣所消释。因此使人想到，人的一生，除了为衣食奔忙，还应主动地去寻找生活中的情趣，在情趣中、长自己的见识、宽自己的心怀、悟生活的真谛。

我很喜欢动漫，看似不够厚道，原本属于孩子的欢乐，我也来凑热闹。其实，我何止是喜欢动漫，我还喜欢漫画，早先我除了藏有丰子恺老先生漫画的剪报，还特别喜欢一些外国人的漫画。记忆中一幅名为《帮忙》的漫画，寓讽刺于惊心之中：一个人快要掉下悬崖，两手死死地抓住

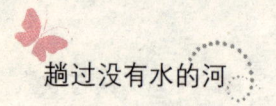
悬崖边缘，有一个朋友前来"帮忙"，"帮忙"的结果是在他的两只手掌各钉了一只钉子！如此帮忙，令人心惊肉跳，冷汗直冒。我想，相对言辞激烈、针砭时弊的辛辣文章，漫画的锋芒更直观，表现的形式更直接，耐人寻味。还有的漫画构思奇特，令人叫绝。按说，以读书为题材难以表现新鲜的内容，但《临终一读》的极度夸张，让人思路顿开，激发想象，真的钦佩漫画大师的奇思妙想。画面中，一个临刑的死囚，正站在绞刑架下捧书而读，绞索已变成了一盏下坠的灯，明亮地照着死囚捧的书以及死囚全神贯注读书的表情。

但印象最深，让我感觉最欢快、最滑稽的是一位丹麦漫画家的《认识世界》。那位漫画家能够不用一个字就让人领略故事和人物每一瞬间的微妙变化。在他的《认识世界》里：一位妈妈用童车推着刚会走路的儿子去商场买东西，她把童车停在商店门口，嘱咐儿子坐在车里别乱动，她买了东西就回来。然后，她进了商店。见妈妈进店里了，儿子随即就爬下童车，他在许多大人的腿脚和皮包之间穿行；他与一只牧羊犬可怕的大脑袋相遇，他下了地下道，又从地下道冒出头来，上了马路。上了马路后，他穿过奔跑的车，又穿过急驶的轿车，最后横穿马路，回到了商场门口。当他撅着屁股刚刚爬进童车里，妈妈恰好买好东西出来，妈妈推着儿子回家，一脸因儿子听话老实而生的满面春意。我们自认为从小到大对孩子"修枝剪叶"般地教育，以为他的一切全掌控在我们大人的手里，看到这幅漫画，会不会从中得到启示呢？

无论是置身于动漫的热闹，还是坐在家里品赏着一幅漫画的美妙，都让人想成为一个有乐趣的人。一个有乐趣的人，活到老，大家都喜欢。

检验一个人的理想之果如何，不是看他从社会上得到什么，而是看他给了人类什么。

——王伯勋

后　记

　　一个文友有一天给我发信息说，她在一部长篇小说划上最后一个句号时，随即在桌前台历上写着：我上了班，我写了书，我抓住了两个世界。

　　文友是业余作者，一边上班，一边写作，与其说是抓住了两个世界，不如说是活了两辈子。我也由此想到我自己，我也是业余作者，每天早上八点上班，当我走在上班路上的时候，其实早晨已在家干了活。我也毫不惭愧地说，我也抓住了两个世界。一个世界是我的职业，这是我的饭碗，是我生活的保障，让我衣食无忧，每年还能添件上点档次的衣服；另一个世界是我的写作，是我留住时间最好的方式，让我把岁月变成诗篇，让笔下的文字进入公众视野。

　　其实啊，这也没有什么好自负的，上点价钱的衣服穿在我身上，也不过如此，不提醒人家，人家是看不出来的；提醒了，人家还是看不出来。写作呢？像是趟着一条没有水的河。没有水的河比有水的河还难以越过，因为没有波浪的激励和抚爱，生命失去流动的快慰。因此，任何能上点台面的东西，哪一样能随心所欲地获得？里尔克说：有何胜利而言？挺住意味着一切。

　　这从另一个方面提示了我：两手抓，两手都要硬。虽然"两手抓"，这个"抓"字有点令人生厌，但比那些章鱼般四处伸出大手试图打捞名利是迥然不同的两个概念。

只要认真正确地抓，给自己当好秘书或秘书长，并不是太难的事，难的是对这个世界的敬畏越来越少。"这个世界不属于自己的好东西太多了，不要不切实际地流口水"。是人生一条很好的座右铭。

《趟过没有水的河》一书，离不开热心读者的支持，这使我对文学始终葆有信心；也离不开我的文学前辈、我的文学朋友多年来对我始终如一的理解和促进，这让我感到一种温暖和激励。我还要特别感谢江苏作家高建新先生，是他积极地推荐，促成了这本书顺利地出版发行，在此，我一并表示诚挚地谢意！

作者

2013 年 8 月 19 日